Lea Busch

AF211559

Meet Me At Midnight

Für Jessy

Copyright © 2024 Lea Busch

Meet Me At Midnight

1.   Auflage

ISBN: 978-3-7597-8529-9

E-Mail: leabusch01@web.de

Instagram: autorin.leabusch

TikTok: autorin.leabusch

Playlist

Massacre, The New American Dream	–	Palaye Royale
Dead Boys	–	Sam Fender
fresh bruises	–	Bring Me The Horizon
Nightmares	–	Palaye Royale
Cold Wars	–	Giant Rooks
Madness	–	Sleeping With Sirens
Doom Days	–	Bastille
Night Changes	–	One Direction
Will We Talk?	–	Sam Fender
Drugs & Candy	–	All Time Low

1. Kapitel

Normalerweise schneit es in England nicht. Zumindest nicht schon Ende November. Es sind nicht viele Flocken und von einer geschlossenen Schneedecke ist East London noch sehr weit entfernt, aber es reicht, damit Arlo überrascht rausschaut, als er sich morgens seinen Kaffee kocht. Die Fenster sind ein wenig beschlagen und auf den Autoscheiben hat sich eine dünne Eisschicht gebildet. So kalt sollte es eigentlich noch gar nicht werden. Hoffentlich muss er heute nicht allzu oft raus. Normalerweise ist Papierkram nicht sein Ding, aber heute? Heute klingt das doch ganz gut. Er trinkt die Tasse aus und stellt sie weg. In zehn Minuten muss er los. Heute dauert es garantiert länger. Sobald auch nur der Hauch von Winter in London ankommt, vergessen die meisten Menschen seltsamerweise, wie man Auto fährt. Er zupft sein Hemd zurecht und richtet seine Haare. Er trägt die

Uniform schon seit einem halben Jahr nicht mehr. Ab und zu fühlt es immer noch komisch an. Dass er Detective wird, war so nicht geplant, aber als er das Angebot bekam, hat er nicht lange gezögert und seine Polizeiuniform eingetauscht. *Heute wird ein guter Tag*, sagt er sich und verlässt seine kleine, gemütliche Wohnung.

„Du brauchst dich gar nicht erst hinzusetzen."

„Das ist ja eine nette Begrüßung", antwortet er seinem Kollegen Quentin. „Ich hole kurz mein Zeug." Er hat die Waffe nicht zuhause. Nur seine Marke trägt er auch schon morgens bei sich. Zu seiner Ausrüstung gehört unter anderem ein Paar Handschellen, sein Diensthandy, ein kleiner Notizblock mit Stift und der Schlüssel zu seinem Dienstwagen. Theoretisch wollte die Wache schon länger auf Tablets umsteigen, damit die Infos direkt mit allen geteilt werden können, die sich im Dienst befinden, aber bisher hat das nicht geklappt. Wenige Minuten später kommt Arlo wieder zu dem Streifenpolizisten nach draußen. Quentin hat ihn vor einigen Jahren ausgebildet und ist schon damals Leiter des Ausbildungsprogramms gewesen. Er hätte mit Sicherheit Detective werden können, aber er liebt seinen Job. Und er macht ihn verdammt gut.

„Wo ist Imogen?", fragt er Quentin, als dieser sich zu Arlo in den Wagen setzt. „Es gab einen Familiennotfall. Sie ist heute Morgen nach Frankreich zu ihrer Mutter geflogen", erklärt er ihm. Imogen ist Arlos Partnerin. Sie ist bereits seit zwanzig Jahren Detective und eine wahnsinnig intelligente Frau. Ihr Instinkt liegt fast immer richtig. Arlo hätte sich niemand besseren als Partnerin wünschen können.

„Sie hat vorhin kurz angerufen und meinte, ich soll dir Bescheid sagen. Ich glaube, sie sitzt schon im Flieger", erzählt er weiter und klappt den Laptop auf, den sie grundsätzlich im Wagen dabei haben.

„Wohin?", fragt Arlo, als er den Motor startet.

„Mile End Park. Die Streife ist schon vor Ort", antwortet Quentin. „Es wurde vor einer Stunde eine Leiche gefunden."

Arlo nickt und fährt los. Er kennt diesen Teil der Stadt inzwischen sehr gut. Er ist lange Streife gefahren und irgendwann hat man jede Straße gesehen. Er mag die Wache und seine Kollegen, aber diese Ecke der Stadt ist nicht die schönste. Woanders würde er trotzdem nicht hinwollen. Kaum zehn

Minuten später kommen sie an. Ein junger Streifen-polizist wartet schon auf die beiden. Er ist blass um die Nase. „Miller", begrüßt Quentin seinen Rookie. „Geht es dir gut?"

„Es ist alles in Ordnung, Sir", antwortet er, ob-wohl ihm auf der Stirn geschrieben steht, dass es ganz und gar nicht so ist.

„Es ist das erste Mal, dass du eine Leiche siehst, oder?", fragt Arlo ihn. Er nickt leicht. „In Filmen oder Serien sieht es nicht so… schlimm aus."

„Es ist vielmehr der Geruch", antwortet Arlo. „Wie lange liegt die Leiche dort schon?"

„Ich glaube, noch nicht so lange", erwidert Miller. „Die Rechtsmedizin ist noch nicht da, aber jemand meinte, dass es kaum mehr als 24 Stunden sein kön-nen."

„So kalt wie es ist, dürfte es noch nicht allzu schlimm sein", wirft Quentin an. „Bring uns hin." Der Rookie nickt und führt sie zu dem Fundort. Der Park ist bereits weitläufig abgesperrt und die Spurensicherung arbeitet sich vom Tatort von in-nen nach außen. Routiniert sieht Arlo sich seine Umgebung an. Der Schnee, der am Boden fast so-fort schmilzt, hat jegliche Fußabdrücke vernichtet.

Miller bringt sie zu dem kleinen Teich des Parks. Schon von weitem sieht Arlo, dass die Leiche am Ufer liegt. Als er näher kommt, erkennt er, dass die Beine noch im Wasser sind. Wasser ist nie gut, wenn es um einen Tatort geht.

„Guten Morgen", begrüßt er die Kollegen des Streifendienstes und macht sich ein erstes Bild über den Tatort. Fotos werden bereits gemacht. „Wissen wir, wer der Mann ist?", möchte er wissen und versteht in diesem Moment erst, dass er die Ermittlung leiten wird. Scheiße, normalerweise macht Imogen das. *Egal, er kann das. Er weiß, was er tut.*

„Josh Fisher, 25 Jahre alt", wird ihm geantwortet. „Er ist Student. Sein Portemonnaie wurde nicht angefasst, das Geld ist auch noch da. Schätzungsweise liegt er seit gestern Abend hier, aber das wissen wir erst garantiert, wenn der Gerichtsmediziner hier ist. Er wurde hier von einem älteren Herrn gefunden, der heute Morgen zur Arbeit durch den Park gegangen ist. Überwachungskameras gibt es hier nicht und normalerweise wird der Park von zehn Uhr abends bis sechs Uhr morgens abgeschlossen."

„Die Aussage wurde schon aufgenommen?", fragt er weiter und betrachtet den Mann. Im ersten

Moment ist es jedes Mal schwierig, eine Leiche zu sehen, aber er hat gelernt, sich schnell auf seine Arbeit zu konzentrieren. Es klingt abgestumpft, aber anders würden die Ermittlungen sehr viel länger dauern.

„Ja. Er hat nichts gesehen und sofort die Polizei gerufen. Er hat den Mann versucht anzusprechen, aber nicht bewegt. Er hat allerdings am Hals den Puls gesucht, während er mit der Zentrale gesprochen hat. Seine Fingerabdrücke sind bereits genommen und der Spurensicherung weitergegeben worden.“

Arlo nickt verstehend. Der Mann liegt auf dem Bauch. Es sieht aus, als wäre er hingefallen und liegengeblieben. Dieses Szenario ist durchaus möglich. Wenn man blöd fällt und einen Stein erwischt, könnte es sein, dass man das Bewusstsein verliert. Kombiniert mit dem Wetter, könnte er erfroren sein.

„Guten Morgen Mister Parsons“, wird er angesprochen. „Dr. Walker, guten Morgen“, antwortet Arlo dem Mediziner. Er kennt ihn bereits von einigen anderen Fällen. Dr. Walker tritt auf die Leiche zu. Währenddessen spricht Arlo mit einer

Polizistin. „Sorgen Sie bitte dafür, dass die Medien so wenig wie möglich hiervon erfahren. Ist die Familie schon informiert worden?"

„Zwei Kollegen sind bereits auf dem Weg dorthin. Die Eltern werden auf die Wache geholt. Geschwister hat er keine."

„Alles klar, danke." Er geht wieder zu Dr. Walker, der neben der Leiche kniet. Diese ist inzwischen auf den Rücken gedreht worden. Arlos Magen zieht sich zusammen. Der ganze Oberkörper ist voll Blut. Verdammt.

„Er ist zwischen zwei und vier Uhr nachts gestorben. Sehr lange ist es noch nicht her." Dr. Walker öffnet die Jacke und das Hemd. Die Wunden sind tief und quer über den Oberkörper verteilt. Einen Moment lang sieht Dr. Walker darüber, bevor er anfängt zu sprechen. „Die Wunden sind vor dem Tod entstanden. Ich würde sagen es war ein normales Küchenmesser, aber das kann ich erst genau sagen, wenn ich ihn auf dem Tisch hatte."

Es sind viele Schnitte in jegliche Richtungen. Sie sind tief und Arlo will sich gar nicht vorstellen, welche Schmerzen der Mann gehabt haben muss. Am prominentesten ist eine Einstichstelle. Während alle anderen Wunden Schnitte sind, ist diese Wunde vergleichsweise klein.

„Das wird die Todesursache sein", erkennt Dr. Walker. „Es ist ein Stich direkt ins Herz. Wenn das Messer lang genug war, hat ihn der Stich selbst getötet, ansonsten ist er wahrscheinlich verblutet, wenn kein Gift genutzt wurde. Bisher deutet darauf aber nichts hin. Ertrunken ist er nicht." Er sieht sich die Wunden genauer an. „Der Täter hatte Kraft, es sind viele Wunden und der Mann hat sich gewehrt. Die Nägel sind alle abgebrochen und hier ist etwas unter den Nägeln. Wenn wir Glück haben, ist es DNA des Täters, das kann ich noch nicht genau sagen. Außerdem sind hier Fesselspuren an den Handgelenken und Quer über die Brust. Er wurde gefoltert."

Dr. Walker steht wieder auf. „Der Kerl hat gelitten und der Täter hat das definitiv mit Absicht getan. Ein Unfall oder Notwehr war das nicht."

„Verdammt", flucht Arlo.

„Ich werde den Bericht so bald wie möglich schicken. Sobald die Spurensicherung fertig ist, nehme ich ihn mit."

„Es tut mir sehr leid, Mister Fisher." Der Mann vor ihm ist fix und fertig. Wie Arlo erfahren hat, ist Misses Fisher vor einigen Jahren schon gestorben und sonst hat der Student keine Familie mehr. Sein Vater ist der Letzte, der übrig ist.

„Er hat nie etwas getan. Er war ein guter Junge. Wer tut so etwas?", will Mister Fisher wissen.

„Wir wissen es nicht. Wir geben alle unser Bestes, damit wir das herausfinden." Versprechen kann und darf man nicht geben. Das hier ist das Beste, was Arlo sagen kann.

„Kann ich ihn sehen? Ich muss zu meinem Jungen", bittet Mister Fisher ihn.

„Ich werde Sie zu ihm bringen, sobald es geht. Aktuell müssen die Spuren gesichert werden und je länger wir warten, desto schwieriger wird es", erklärt er ihm. „Ich kann mir nicht vorstellen, wie schwierig es für Sie ist, aber ich muss Ihnen leider trotzdem einige Fragen stellen."

Mister Fisher nickt und Arlo fängt an. Es sind die üblichen Fragen am Anfang einer Ermittlung. Er muss sich zunächst ein Bild von Joshs Leben machen. Mister Fisher versucht zu helfen, aber es ist schwierig. Er hat seinen einzigen Sohn verloren.

Arlo würde ihm am liebsten nun doch versprechen, dass er die Person, die das getan hat, finden wird, aber er darf nicht.

Nachmittags tritt er ins Freie und atmet tief durch. Er hat inzwischen mit zwei von Joshs Freunden gesprochen.

„Detective Parsons?"

Er dreht sich um. Miller steht vor ihm und reicht ihm einen Kaffee. „Danke." Er trinkt einen Schluck und merkt, wie ihm wärmer wird. Vielleicht hätte er sich eine Jacke mitnehmen sollen.

„Darf ich Sie etwas fragen?"

„Natürlich." Arlo hat sich schon gedacht, dass der Rookie nicht nur zufällig hier draußen ist und ihm einen Kaffee gebracht hat.

„Wie gehen Sie damit um? So etwas zu sehen, meine ich. Da war so viel Blut und die Augen waren noch geöffnet und so leer und…" Er presst die Lippen zusammen. Arlo weiß genau, was gerade in Miller vorgeht. „Du bekommst diese Bilder nicht aus dem Kopf, richtig?"

„Sie kennen das?"

„Jeder hier, der schon einmal eine Leiche gesehen hat, kennt das. Das ist etwas anderes als in einem Krankenhaus, wenn man einen Angehörigen verloren hat", erklärt er ihm. „Josh lag genauso am Boden, wie er zurückgelassen wurde. Er wurde nicht gewaschen, in frische Kleidung gesteckt und ihm wurden die Augen nicht geschlossen. Und der Geruch macht den Anblick so real, dass es normal ist, dass du an nichts anderes mehr denken kannst."

„Geht das wieder weg?"

„Ja", antwortet Arlo ihm. „Es wird aber ein paar Tage dauern. Ich hoffe, wir bekommen den Täter oder die Täterin. Dadurch wird es unter anderem besser."

„Und was hilft noch?", möchte Miller wissen.

„Wenn man das Opfer kennenlernt. Josh war ein Student mit Freunden und Hobbies. Du siehst ihn aktuell nur als toten Körper, aber durch die Ermittlungen beschäftigt man sich mit ihm. Er wird menschlich. Das hilft."

„Ich weiß nicht, ob ich weiter an diesem Fall arbeiten werde", gibt Miller zu bedenken. „Ich bin nur ein Rookie der Streife und kein Detective."

„Die Streifenpolizei macht den Löwenanteil der Polizeiarbeit aus, vergiss das nicht. Es ist ein wichtiger Job. Wenn du möchtest, kann ich Quentin bitten, dass du Hilfsaufgaben übernimmst, wenn es nötig ist."

„So, wie heute?"

„Ja, genau. Ob du dafür eingesetzt wirst, entscheidet am Ende aber er."

„Vielen Dank, Detective Parsons. Ich denke, das würde mir helfen."

„Du kannst damit beginnen, bei der Universität anzurufen. Sie müssen Bescheid wissen, dass Josh Fisher nicht mehr kommen wird. Kümmere dich darum, dass das diskret behandelt wird. Umso weniger Presse, desto besser. Noch weiß ich nicht, ob der Täter vor Aufmerksamkeit flüchtet."

„Tun das nicht alle?"

Arlo schüttelt den Kopf. „Nein, es gibt durchaus Personen, die gerade wegen der Aufmerksamkeit Verbrechen begehen. Bei diesen kann die Presse dienlich sein, aber sie im Zweifelsfall auch dazu anstiften, noch mehr Verbrechen zu begehen. Es ist ein Drahtseilakt." Das kennt er allerdings nur aus der Theorie. Die wenigsten Morde gehören zu einer

Serie. Wenn es überhaupt Mord war und kein Totschlag.

Einen Tag später steht er mit Quentin im Zimmer des Studenten. Er hat in einem kleinen Zimmer einer zweier WG gelebt. Der Mitbewohner, Franklin Levinston war die ganze Woche nicht da und ist heute Morgen nach London zurückgekehrt.

„Wir waren nicht befreundet, aber wir sind miteinander ausgekommen. Josh war freundlich und respektvoll. Er wollte seine Ruhe, genau wie ich. Ich glaube, er war kurz vor seinem Abschluss."

„Das ist richtig", antwortet Quentin ihm. „Wie war er sonst so? Weißt du, was er in seiner Freizeit gemacht hat?"

„Gelernt. Und ich glaube, er war in einem Schachverein, aber ich bin mir nicht sicher. Zwischendurch ist er abends ausgegangen, aber ich weiß nicht mit wem. Ich reise, soviel es geht. Ich studiere Archäologie und konnte dieses Semester einige Ausgrabungsstätten besuchen, deswegen weiß ich nicht, was er die letzten Monate so getrieben hat. Sie können sich in seinem Zimmer und auch der

Küche und dem Bad umschauen, wenn Sie möchten."

„Danke." Arlo geht zu Joshs Zimmer, während Quentin bei Mister Levinston in der Küche bleibt. Das Zimmer, das er betritt, ist spärlich eingerichtet. Der Vater meinte schon zu ihnen, dass er am Wochenende häufig bei ihm ist. Es wundert Arlo also nicht, dass hier nur wenige persönliche Gegenstände zu finden sind. Am Fenster steht ein Schreibtisch, auf der gegenüberliegenden Seite ein Bett und ein schmaler Kleiderschrank. Auf dem Boden liegt eine Jogginghose und hinter der Tür stehen einige Bücher. Auch ein Schachbrett liegt dort. Den Laptop packt er ein und nimmt ihn mit. Auf der Wache soll die IT-Abteilung sich ansehen, wer Josh war. Er macht einige Fotos und schickt sie direkt ans Revier. An der Pinnwand hängen ein paar Bilder. Karteikarten liegen auf dem Tisch. Es ist nicht dreckig, nur ein bisschen unordentlich. Es sieht aus, wie ein normales, zweckgebundenes Studentenzimmer.

Zu sagen, eine Spur verläuft im Sand, ist erst möglich, wenn man eine Spur hat. Seine Freunde trauern um ihn und für die Tatzeit hat fast jeder von ihnen ein Alibi. Nur zwei waren allein und sagen, sie hätten geschlafen. Die anderen Alibis werden gerade überprüft. Und sie alle sagen, sie hätten Josh schon seit ein paar Tagen nicht mehr gesehen. Das letzte Mal vor fünf Tagen, als sie gemeinsam ein Bier trinken waren. Es ist zu glatt. Nichts deutet auf einen Streit oder eine Auseinandersetzung hin. Sie finden niemanden, der Stress mit Josh hatte. Er hatte nicht viele Freunde und die Kommilitonen, mit denen sie sprechen, sagen fast alle, er war ein ruhiger, aber netter Kerl. Er hat keine Streitereien angefangen und gute Leistungen in der Uni abgeliefert. Er hatte einen Job in einem Supermarkt und war bei fast jeder Vorlesung. Er war ein Vorzeigestudent. Nur der Tod seiner Mutter hat ihn kurzzeitig aus der Bahn geworfen. Er musste ein Semester wiederholen, als seine Noten rapide abgestiegen sind, aber er hat sich wieder gefangen. Sowohl sein Vater als auch seine Freunde sagen, dass die Zeit nicht leicht für ihn war, aber er es überstanden hat. Er fing damals mit dem Schach an und besuchte bis zu seinem Tod einmal die Woche den Schach-Club der Uni.

„Verdammt", flucht Arlo und sieht auf die Pinnwand vor ihm. Ob Imogen wohl schon eine Idee hätte? Er hat sich ein Bild davon gemacht, wer Josh war, aber er kommt nicht weiter. Der Autopsiebericht ist wahrscheinlich morgen fertig. Bisher weiß er allerdings schon, dass der Stich ins Herz tatsächlich tödlich war und dass Josh im Sitzen gestorben ist. Er war angebunden und alle Schnitte wurden mit einem scharfen, langen Küchenmesser gemacht. Das Seil war ein Juteseil, das bekommt man in jedem Baumarkt. Und unter den Nägeln waren Spuren von Holz, aber keine DNA. Nichts, was auf den Täter hindeuten könnte. Auch am Tatort wurde wenig Brauchbares gefunden. Die Fußspuren waren so verwischt, dass sich nur sagen ließ, dass die Schuhe zwischen Größe 39 und 46 waren. Das grenzt es so gut wie gar nicht ein. Josh war außerdem schon tot, als er dort abgelegt wurde. Dr. Walker vermutet, dass er eigentlich in den See geworfen werden sollte, aber es aus irgendeinem Grund nicht geklappt hat. Beweise gibt es dafür nicht.

„Du solltest für heute Schluss machen." Quentin ist zu Arlo an den Tisch getreten. „Heute löst du den Fall nicht mehr."

„Er war nur drei Jahre jünger als ich."

„Ich weiß. Wir werden herausfinden, wer das war", versichert sein Kollege ihm. Arlo nickt und atmet tief durch. Dann schließt er seine Waffe weg und fährt nach Hause.

2. KAPITEL

Von Schnee ist weit und breit nichts mehr zu sehen. Man würde nicht ahnen, dass vor knapp einer Woche noch kleine Flocken vom Himmel gefallen sind. Arlos Gesicht zieren tiefe Augenringe, als er aufsteht. Es ist kurz vor sechs und er war bis fast zehn Uhr auf der Wache. Er würde gerne noch eine Weile weiterschlafen, aber er kann nicht. Seine Gedanken sind zu laut. Er hievt sich aus dem Bett und stellt die Kaffeemaschine an. Noch bevor das Wasser durchgelaufen ist, klingelt sein Handy.

„Guten Morgen", sagt er, ohne draufzuschauen. Es muss jemand von der Wache sein, sonst hätte das Handy nicht laut geklingelt. Er hat es so eingestellt, als er Detective geworden ist.

„Der Morgen ist nicht gut", antwortet Quentin ihm.

„Scheiße."

„Ich hole dich mit einem Streifenwagen ab. Deine Ausrüstung bringt Miller mit. Ich bin in fünfzehn Minuten bei dir", gibt er Arlo Bescheid und legt auf. Eine Viertelstunde, na super. Er stoppt die Kaffeemaschine und anstatt auf einen Milchkaffee zu warten, drückt er auf den Knopf, die ihm einen doppelten Espresso zubereitet. Eilig zieht er sich an, kippt das bittere Getränk herunter und nimmt sich eine Banane. Für ein anderes Frühstück ist keine Zeit mehr.

Quentin hupt einmal, als er vor dem Haus steht. In diesem Moment zieht Arlo sich gerade die Schuhe an. Der Aufzug funktioniert schon ewig nicht mehr, also muss er die drei Etagen hinunter laufen.

„Weißt du schon Genaueres?"

„Die Infos müssten gerade gekommen sein", antwortet Quentin und deutet auf den Laptop, der vor Arlo auf der Ablage liegt.

„Victoria Park. Der See", liest Arlo vor.

„See?"

„Weißt du, wo das ist?"

Quentin nickt. „Ja. Wir brauchen nicht lange." Arlo liest weiter. „Es ist wohl wieder ein junger

Mann. Ein Portemonnaie hat er nicht dabei. Der Park wurde weitläufig abgesperrt. Mehr weiß ich noch nicht."

Sie parken am Eingang des Parks. Die Streife, die dort steht, kennen sie beide und sie müssen daher den Ausweis nicht vorzeigen, um durchgelassen zu werden. „Meinst du das ist ein Zufall?", fragt Quentin Arlo.

„Ich hoffe es", antwortet dieser, aber stellt sich darauf ein, dass es nicht so sein wird. Der junge Mann liegt auf einem Tuch der Spurensicherung. Ein Kollege der Streife kommt auf sie zu. „Er wurde im Wasser gefunden. Er trieb zwischen den Sträuchern dort. Dr. Walker weiß schon Bescheid und noch ist nichts zu den Medien durchgedrungen."

„Das sollte vorerst so bleiben. Wo liegt der Tote?", fragt Arlo und der Polizist geht vor zum Fundort.

Das Opfer trägt eine Jeans und ein Shirt. Das Shirt ist zerrissen und hängt nur noch an den Schultern. Darunter trägt er nichts und die Augen sind weit aufgerissen.

„Würgemale", stellt Arlo fest und tritt näher ran. „Es sind große Hände gewesen, schau mal hier."

Quentin tritt näher und betrachtet die Abdrücke. Um die Augen sind punktförmige Einblutungen unter der Haut zu sehen. „Die Hände müssen größer als deine gewesen sein." Arlo nickt und betrachtet den halb nackten Körper. Seine Befürchtung ist aller Wahrscheinlichkeit nach eingetreten.

„Viele Schnittwunden."

„Aber kein Stich ins Herz", stellt Quentin fest. „Und er trägt die meiste Kleidung noch."

„Du glaubst, es war keine Sexualstraftat?"

„Ich schließe es nicht aus, aber ich glaube nicht", überlegt er laut. Für eine endgültige Antwort müssen sie auf den Bericht von Dr. Walker warten, der gut eine halbe Stunde später eintrifft.

Arlo und Quentin stehen an der Seite und warten, bis Dr. Walker einen ersten Befund hat. „Er wurde durch Erwürgen getötet. Die Stiche sehen auf den ersten Blick alle danach aus, als wären sie vorher entstanden." Er steht wieder auf und geht zu dem Detective und dem Polizisten.

„Ich würde sagen, es ist der gleiche Täter. Die Schnitte sind ähnlich tief und auch die Fesselspuren ähneln sich. Er wurde außerdem letzte Nacht getötet und hier abgelegt. Er war noch nicht lange im Wasser", erklärt er. „Genau kann ich das erst nach der Autopsie sagen. Den Bericht von Josh Fisher habe ich noch nicht ganz fertig, aber er wird heute Vormittag noch auf ihrem Schreibtisch liegen, Detective Parsons."

Arlo nickt und betrachtet den Mann. Wenn es wirklich der gleiche Täter ist, müssen sie schnell arbeiten, bevor er wieder mordet. Durch die Würgemale kann man ziemlich sicher sagen, dass es ein Mann ist. Kaum eine Frau hat so große Hände. Viele weitere Spuren rund um den Tatort gibt es wieder nicht. Arlo verflucht den britischen Dauerregen im Winter.

„Wir brauchen alle Aufnahmen von den umliegenden Verkehrskameras. Hier im Park gibt es keine, oder?"

„Nein, leider nicht", antwortet Quentin und ruft sich einen Streifenpolizisten heran, der die Aufnahmen besorgen soll. Theoretisch ist er nicht ihr Chef, da sie keine Rookies sind, aber Quentin ist schon so lange bei der Wache, sodass ihn jeder kennt und respektiert. Wenn er etwas benötigt und man die Zeit dafür hat, übernimmt man die Aufgabe.

„Hattest du schon einmal einen Serientäter?", fragt Arlo ihn, als sie auf dem Weg zurück zur Wache sind.

„Nein, bisher nicht. Immer nur einzelne Fälle. Ich muss gleich ein paar Anrufe machen. Erweiterst du die Tafel?"

Arlo stimmt zu. Er fängt direkt an, als sie auf der Wache sind. Alles, was sie bisher wissen, steht dort drauf. Viel ist es nicht. Sie wissen noch nicht einmal, wer dieser Mann ist. Er hofft, dass sie es mit Zahnabdrücken herausfinden. Der gesamte Autopsiebericht ist inzwischen auch da. Wie Dr. Walker schon vermutet hat, ging das Messer bei Josh Fisher direkt ins Herz und hat ihn getötet. Die Schnitte sind alle tief und früher oder später wäre Josh daran verblutet, aber sie sind nicht die Todesursache. Das Messer war ein handelsübliches Küchenmesser. Zumindest ist das Dr. Walkers Theorie. Die Klinge war nichts Besonderes, allerdings sehr scharf. Der Abdruck des Griffs auf der Brust verrät nur, dass der Griff oval war. Eine wage Info, mit der Arlo aktuell nicht viel anfangen kann. Auf dem Rücken sind nur wenige Schnitte, die nicht so tief sind. Deswegen haben sie sie nicht gesehen, als sie beim Tatort waren. Das Blut ist nicht durchgesickert. Außerdem steht in dem Bericht, dass die Schnitte über den Verlauf von drei Tagen zugefügt wurden. Arlo wird schlecht, als er das liest. Josh Fisher wurde drei Tage lang gefoltert. Er war nicht dehydriert, aber hatte in diesem Zeitraum nichts gegessen. Der Drogentest war negativ. Nicht einmal Alkohol hatte er im Blut. Das Seil, mit dem er gefesselt war, war aus Jute. Ein normales Baumarktseil. Er hat sich versucht zu wehren. Die Haut ist abgeschürft.

Arlo legt den Bericht weg und atmet tief durch. Quentin hält ihm plötzlich eine Tasse vor die Nase. „Das ist Tee. Das hilft."

„Danke", sagt er leise. „Der Bericht ist gekommen."

„Ich weiß. Bist du durch?"

„Ja. Es ist grausam."

Quentin nickt verstehend und sieht auf die Akte. „Ich habe vorhin bei einer anderen Wache angerufen. Ohne Imogen schaffen wir das nicht. Ich muss meine Rookies weiterhin ausbilden und sie bleibt noch eine Weile. Ihre Mutter hatte einen Schlaganfall und braucht Hilfe. Sie hat Sonderurlaub beantragt", erklärt Quentin. „Uns wird ein anderer Detective geschickt. Er müsste gleich hier eintreffen."

„Danke."

„Es sind zwei Morde in wenigen Tagen. Ich will nicht, dass noch ein Mord geschieht."

„Ich hätte nicht gedacht, dass ich es so schnell in meiner Karriere mit einem Serientäter zu tun habe", antwortet Arlo und trinkt eine Schluck Tee. Quentin hat recht, das hilft wirklich.

„Wir bekommen das hin. Miller spricht gerade mit dem Bürgermeister. Ich habe überlegt, ob wir veranlassen sollen, dass die Parks schon ab neun Uhr schließen und nicht erst um zehn."

„Dr. Walker meinte, die Leichen wurden später abgelegt. Meinst du, es bringt etwas, die Tore früher zu schließen?"

„Du denkst daran, dass es Angst schüren könnte", versteht Quentin. Arlo nickt. „Wir müssen auf jeden Fall die Presse informieren, da führt kein Weg dran vorbei. Aber ich möchte dem Täter nicht das Gefühl geben, Macht zu haben. Er foltert, bevor er die Opfer tötet. Er will diese Macht spüren und Angst spielt ihm in die Hände", überlegt Arlo laut. Alles, was er über solche Morde weiß, kennt er nur aus der Theorie. Er hat keine Übung darin, es anzuwenden, aber ihm bleibt keine Wahl.

3. Kapitel

„Hallo?" Wieso genau soll er jetzt wie ein Depp hier herumlaufen und suchen? Er geht am Empfang vorbei. Die Polizisten dort schauen ihn nur kurz an, nachdem sie seine Marke um den Hals hängen haben sehen. Nur weil er eine Marke hat, heißt das noch lange nicht, dass er sich hier auskennt. Bevor er weiter darüber nachdenken kann, kommt ein anderer Polizist auf ihn zu.

„Detective Bennet, richtig? Wir haben telefoniert." Er reicht ihm die Hand, die Clint nun schüttelt. „Richtig. Hallo Officer Lee."

Clint folgt Mister Lee in den hinteren Bereich der Wache. Er sieht die Pinnwand schon von weitem. Da muss definitiv eine zweite her, das weißt er schon jetzt. Wieso steht diese Pinnwand direkt im Raum? Gibt es hier kein Konferenzzimmer?

„Der Autopsiebericht des ersten Opfers ist gerade gekommen, ansonsten hängen alle Infos an der

Pinnwand. Jegliche Fotos sind im System zu finden. Wir haben nicht alle ausgedruckt", erklärt Officer Lee ihm. Clint nickt. Auf halber Strecke dreht der Detective, der vor dem Board steht, sich um. Clint stolpert fast. *Das darf doch nicht wahr sein.*

Arlo sieht ihn direkt an und schürzt die Lippen. Er denkt offenbar genau das gleiche wie Clint. Wieso zur Hölle musste es von jedem Detective der Stadt ausgerechnet er werden.

„Arlo, das ist Detective Bennet", stellt Quentin ihn vor. „Das ist Detective Parsons."

„Oh, ich weiß", antwortet Clint direkt und sieht Arlo provokant an. „Wir kennen uns von der Academy", fügt er hinzu. Arlo sieht aus, als müsste er kotzen. Amüsiert sieht Clint ihn an. Er will wirklich nichts mit ihm zu tun haben, aber immerhin ist der Start ganz lustig.

„Oh, sehr gut. Dann starten Sie direkt am besten. Ich muss zu meinen Azubis."

„Danke Quentin", murmelt Arlo und verschränkt die Arme vor der Brust. „Du bist Detective."

„Ach was, Sherlock", antwortet Clint ihm. „Ich hätte gedacht, da kommst du früher drauf. Muss man in diesem Job nicht klug sein?"

„Offenbar nicht, sonst würdest du nicht vor mir stehen."

„Du hast mich schon immer unterschätzt, vergiss das nicht", erinnert Clint ihn und sieht sich das Board an. „Willst du mir jetzt sagen, was hier los ist oder soll ich mir alle Infos einzeln raussuchen?"

„Stimmt, ich hatte vergessen, dass du nicht lesen kannst", entgegnet Arlo trocken und Clint möchte etwas antworten, aber Arlo lässt ihn nicht. Er beginnt direkt mit dem Fall. Er lässt auch die Details des Autopsieberichts nicht aus.

„Das klingt ziemlich heftig."

„Deswegen verstehe ich nicht, wieso Quentin *dich* angefordert hat. Ich brauche jemand Kompetenten an meiner Seite."

„Deshalb wurde ich geschickt. Ich muss deine Dummheit ausgleichen." Clint hat es definitiv nicht vermisst, mit Arlo zu arbeiten. Wobei, genaugenommen haben sie damals überhaupt nicht gearbeitet. Sie waren nur in einigen Kursen zusammen und mussten einmal einen Schulungsfall zusammen lösen. Es ist Jahre her und trotzdem ist es augenblicklich wie früher. Sie können einander nicht leiden. Überhaupt nicht.

Clint mustert Arlo skeptisch. Er sieht genauso dämlich aus, wie früher. Nur ohne Uniform. Manchen Leuten sagt man nach, sie wären wie Wein. Ihr Charakter wird immer besser, je älter sie werden. Arlo scheint eher Cola zu sein. Je älter, desto schlechter. Clint wusste nicht, dass das geht, aber offenbar ist Arlo dafür das beste Beispiel .

„Wie lange bist du schon Detective?", fragt er ihn, nachdem er die Einzelheiten des Falls weiß.

„Wieso interessiert dich das?"

„Ich will wissen, ob ich es mit einem totalen Anfänger zu tun habe."

„Ich bin schon lange genug Detective."

„Das ist keine Antwort."

„Du willst nur wissen, ob du vor mir Detective geworden bist", entgegnet Arlo. Clint verdreht die Augen. „Bin ich sowieso. Das wissen wir beide. Ich bin bereits seit eineinhalb Jahren Detective."

Arlo presst die Lippen zusammen und da hat Clint seine Antwort. Arlo ist wirklich noch nicht so lange Detective.

„Aber eine Leiche hast du schon einmal gesehen, oder?"

„Ja. Aber keine Morde wie diese", gibt er zu. Clint nickt verstehend und schweigt daraufhin. Er kann Arlo nicht leiden, aber er lässt sich nicht auf ein Niveau herunter, bei dem er Morde nutzt, um Arlo einen Spruch reinzudrücken. Arlo sagt ebenfalls nichts mehr. Immerhin hat er ein bisschen Anstand, denkt Clint sich und nimmt sich den Autopsiebericht. Die Bilder veranschaulichen sehr genau, was Arlo ihm bereits erzählt hat. *Scheiße*, denkt Clint einen Moment und blättert durch die Fotos. Wenn das zweite Opfer genauso aussieht, ist der Täter brutal. Unfälle sind es definitiv nicht.

„Hast du schon die Überwachungsbänder der…"

„Ja", unterbricht Arlo ihn sofort. „Ein Kollege wertet sie bereits aus. Das Hauptproblem ist gerade, dass wir nicht wissen, wer das Opfer ist."

Clint sieht sich die Bilder der zweiten Leiche ganz genau an. Ihm fällt eine Kleinigkeit auf und er ist sich nicht sicher, ob es klappt, aber es ist einen Versuch wert.

„Ist der Schreibtisch frei?", fragt er und Arlo nickt. „Da sitzt sonst meine Partnerin."

Clint setzt sich und entsperrt seinen Laptop. Irgendwo hat er dieses Logo schon einmal gesehen.

Es ist ein Stempel auf dem Handrücken. Er ist verlaufen und fast nicht mehr zu erkennen, aber trotzdem klingelt da irgendetwas.

„Was tust du da?"

„Ich schaue mir an, welche Clubs hier in der Gegend sind. Von einem davon ist das Logo und wenn wir Glück haben, gibt es Fotos der letzten Partys auf Social Media oder der Website", antwortet Clint ihm. Es dauert ein wenig, aber schließlich findet er den Club. Er wusste, er kennt ihn. Er war vor Jahren dort mal feiern.

„Ich schaue mir die letzte Party an, machst du die davor?", fragt er Arlo, der inzwischen auch hinter seinem Bildschirm sitzt. Er stimmt zu und sie machen sich auf die Suche nach dem Unbekannten.

Sie finden ihn nicht. Auf keinem Foto ist er zu sehen. Clint seufzt genervt. *Scheiße.* „Hätte ja klappen können", sagt er frustriert und steht auf. „Wo ist hier die Küche?"

„Hinten links", antwortet Arlo, ohne aufzusehen. Clint braucht ganz dringend einen Tee. Er öffnet den Schrank und findet… Kaffee. Viel Kaffee. In der Ecke steht eine kleine Packung Pfefferminztee und Früchtetee. Kein Earl Grey. Mist. Er seufzt und nimmt den Früchtetee. Den trinkt er zumindest lieber als Kaffee. Kaffee trinkt er nämlich gar nicht. Er nimmt sich einen Schokoriegel dazu und kehrt an den Schreibtisch zurück. Sein Instinkt sagt ihm, dass er länger als nur einen Tag hier verbringen wird. Normalerweise wäre das nicht schlimm, aber Arlo ist hier. Und er hat überhaupt keine Lust morgens schon mit schlechter Laune zur Arbeit zu fahren, weil er diesen Idioten sehen muss. Und mit ihm arbeiten. *So ein Müll. Wer hat entschieden, dass der Kerl Detective wird?* Er hat damals ja nicht einmal verstanden, warum sie ihn überhaupt zur Prüfung zugelassen haben.

„Ich weiß, wer er ist", sagt Arlo plötzlich. Clint sieht ihn verwundert an. „Wie denn das auf einmal?"

„Ich habe geschaut welche Partys genau kürzlich in diesem Club waren. Eine davon war eine Studentenparty, bei der vor allem Studierende aus dem sozialen Bereich waren. Die Fakultät hat da irgendetwas veranstaltet und Fotos gepostet. Auf einem ist er zu sehen. Sein Name ist laut Instagram Allen James und er hat Pädagogik studiert. Ich rufe jetzt die

Uni an", erklärt Arlo ihm. Clint nickt knapp und googelt nach diesem Allen James.

Er findet heraus, dass er in einer Grundschule aushilft und sein Instagram-Account bunt gemischt ist. Er macht viel mit Freunden. Es gibt Bilder aus verschiedenen Clubs und Bars. Dazwischen sind immer wieder Fotos von einem Hund. Chili, wie er schnell herausfindet.

„Hast du seine Adresse?", will er wissen. „Wohnt er noch zuhause?"

Arlo sieht ihn fragend an, als er den Nachdruck in Clints Stimme hört.

„Er hat einen Hund und wenn er genau wie Josh drei Tage gefoltert wurde, war der vielleicht allein", erklärt Clint. Er hasst es, wenn Tiere leiden. Erst recht, wenn dieses Leid von Menschen verursacht wurde. Wenn dieser Hund wirklich mehrere Tage allein in der Wohnung wahr… Er hofft einfach, dass der arme Kerl noch nicht verdurstet ist.

„Sekunde", formt Arlo mit seinen Lippen und lässt sich von der Uni die Anschrift geben. Zu viele Informationen gibt er nicht heraus, lediglich, dass Allen etwas mit einem Fall zu tun hat und sie seine Daten zu ihm bräuchten. Arlo schreibt sie auf und reicht Clint den Zettel. Er sucht sofort danach. Die Adresse ist 20 Minuten von der Woche entfernt und in einer Wohngegend, die definitiv zu teuer für einen Studenten ist, zumindest wenn es keine WG ist.

„Wir müssen die Eltern informieren", sagt Arlo, nachdem er aufgelegt hat.

„Ich habe die Nummern schon rausgesucht. Der Vater ist Leiter eines Supermarkts und die Mutter Ingenieurin", sagt Clint. „Ich rufe den Vater an, du die Mutter", legt er fest und schiebt Arlo die Nummer rüber. Er hasst diesen Teil der Arbeit. Jemanden zur Wache zu bitten und dann auch noch sagen zu müssen, dass das eigene Kind tot ist... Nein, das macht niemand gerne.

Es ist grausam, jemandem zu sagen, dass ein Familienmitglied gestorben ist. Sowohl Clint als auch Arlo sind nach diesem Tag ziemlich gerädert. Es ist früher Abend und sie kommen mit einigen Minuten Unterschied aus den letzten Gesprächen. Allen James hatte deutlich mehr Freunde und Kontakte als Josh Fisher und entsprechend waren heute einige davon auf der Wache. Von der Familie abgesehen.

Allen hat eine kleine Schwester, die die Welt nicht mehr versteht. Sie ist gerade einmal vierzehn und ihr wurde der große Bruder genommen. Arlo hat dieses Gespräch geführt und musste sich zwischendurch zusammenreißen, es nicht zu sehr an sich heranzulassen. Neben der Schwester saßen beide Eltern, die davor bereits separat mit den Detektives gesprochen haben. Der Hund war auch dabei und es geht ihm gut. Es kommt durchaus öfter vor, dass Allen ein paar Tage bei Unifreunden schläft, deswegen haben die Eltern sich nicht gewundert. Wenn Projekte anstehen, arbeiteten Allen und seine Freunde häufig lange und er blieb über Nacht. Außerdem braucht er sonst über eine Stunde bis zur Universität und wenn er morgens früh eine Vorlesung hat, hat er nicht selten bei einem Freund geschlafen, der näher an der Uni wohnt. Seine Freunde hingegen dachten, er wäre zuhause. Keiner von ihnen hat sich wirklich Sorgen um Allen gemacht. Immerhin waren es nur ein paar Tage, seitdem sie ihn zuletzt gesehen haben.

Arlo betrachtet die Tafel. Er hat begonnen für beide Opfer einen Zeitablauf der letzten Tage vor ihrem Tod zu erstellen. Bisher finden sich keine

Gemeinsamkeiten und niemand aus Allens Umfeld kennt einen Josh Fisher. Arlo seufzt und versucht sich einen Reim darauf zu machen, wie es sein kann, dass zwei Personen so etwas Schreckliches widerfährt und sie sich nicht kannten. Er hofft, dass es bei zwei Opfern bleibt, doch sein Gefühl sagt ihm, dass sie schnell sein müssen, damit nicht bald eine dritte Leiche gefunden wird.

Clint stellt sich neben Arlo und ergänzt weitere Infos auf dem Zeitstrahl von Allen James. Arlo betrachtet ihn stumm. Sie hätten jeden Detective der Stadt schicken können. Wieso genau ihn? Wieso haben sie ihm nicht jemanden mit mehr Erfahrung an die Seite gestellt? Arlo weiß, dass er selbst seinen Job gut beherrscht, aber mit so etwas hatte er noch nicht zu tun. Es gibt doch mit Sicherheit irgendwo in dieser Stadt einen Detective oder einen Officer, bei dem es anders ist. Auf Clint trifft das jedenfalls nicht zu, soviel weiß er definitiv. Abgesehen davon, wird es noch schwieriger diesen Fall zu lösen, wenn er sich die ganze Zeit mit diesem Idioten abgeben muss.

„Was ist dein Plan?", möchte Clint von ihm wissen, als er den Stift weggelegt hat. Arlo blickt ihn nicht einmal an, als er ihm antwortet. „Heute Abend ist die Auswertung der Laptops und der Handys der beiden Opfer fertig. Dr. Walker bemüht sich, morgen den Autopsiebericht fertig zu haben. Ich habe vorhin mit ihm gesprochen und er hat sich einen Assistenten geholt, damit es schneller geht. Ich will wissen, was diese beiden Personen verbindet. Irgendetwas muss es geben."

„Du glaubst, der Täter hat sie nicht zufällig ausgesucht", versteht Clint. Arlo zuckt mit den Schultern. „Das würde Sinn ergeben, wenn er einen Typen hat, aber rein äußerlich unterscheiden sie sich fast komplett. Nur das Alter stimmt in etwa und das Geschlecht, aber ich möchte mich nicht festlegen."

Clint nickt verstehend. „Ich habe eine Meldung an einige Kollegen rausgegeben. Ich hoffe es zwar nicht, aber ich halte es nicht für ausgeschlossen, dass es nicht die ersten Morde des Täters waren."

„Du meinst, weil der so grausam vorgegangen ist."

„Du kennst die Theorie", erwidert Clint. „Es ist eine sadistische Vorgehensweise. Meistens fängt es nicht mit Mord an, schon gar nicht in dem Ausmaß."

44

„Glaubst du jemanden zu finden, der Tiere aufgeschlitzt hat?"

„Es wäre ein Anfang", erwidert Clint und presst die Lippen zusammen. Er hasst es so sehr, wenn Tiere gequält werden, aber er weiß, dass Sadisten häufig mit Tieren anfangen, bevor sie zu Menschen wechseln. Das kann schon in der Kindheit beginnen und oft werden diese Anzeichen nicht gesehen oder bereits in diesem Alter von der Person selbst versteckt.

Ein anderer Abschnitt der Tafel zählt alles auf, was über den Täter bekannt ist und das ist nicht viel. Er hat große Hände und ist einigermaßen stark, immerhin hat er die Leichen bewegt. Sie wissen nichts über das Alter, die Größe oder das Aussehen. Dass er sich in East London aufhält, ist aber nur eine wage Vermutung. Er könnte ein Auto haben und damit wäre es möglich, dass die beiden Opfer an unterschiedlichen Orten getötet und nach East London gefahren wurden.

„Detectives?"

Arlo sieht nach links. Miller steht dort.

„Was gibt's?", fragt Clint den jungen Officer.

„Ich glaube, ich habe etwas gefunden", sagt er und sie folgen ihm an den Schreibtisch. Er hat den ganzen Tag damit verbracht, die Überwachungsvideos der umliegenden Straße anzusehen. Er drückt auf Play. Es ist nicht viel zu erkennen, es ist mitten in der Nacht und die Straßenlaternen spenden nur bedingt gut Licht. Miller deutet auf den Wagen. „Das Auto wird zum Park gefahren. Es hält in einem toten Winkel. Man kann nicht sehen, was passiert, aber zehn Minuten später wird es von einer anderen Kamera erfasst." Er wechselt das Bild und man sieht das Auto wegfahren.

„Man kann das Nummernschild nicht erkennen", bemerkt Arlo frustriert. „Wäre ja auch zu schön gewesen."

„Ich habe ein Standbild gefunden, wo man erkennt, was es für ein Auto ist. Es ist ein Ford Fiesta. Tut mir leid, dass ich keine besseren Nachrichten habe."

„Scheiße", flucht Clint und Arlo sieht ihn irritiert an. „Wir wissen, dass der Täter ein Auto hat, das ist gut."

„Nichts ist gut. Zum einen ist der Ford Fiesta eins der Modelle, die in England am meisten verkauft werden, zum anderen sieht man weder das Nummernschild, noch, ob irgendjemand dort aussteigt. Es könnte genauso gut sein, dass jemand angehalten hat, um das Navi einzustellen oder eine zu rauchen. Wir können nicht sicher sein, dass das Auto zum Täter gehört. Es gibt keine Aufnahme dieses Wagens in der Nacht, wo Josh Fisher abgelegt wurde, oder?"

Miller schüttelt den Kopf. „Ich habe die Bänder schon durchgeschaut, aber es gibt in der Umgebung dort deutlich weniger Überwachungskameras. Einen Ford Fiesta habe ich nicht gesehen."

Arlo seufzt. „Scheiße."

„Du bist voreilig. Das warst du schon immer", brummt Clint unzufrieden. Arlo verdreht die Augen. „Es ist ein Anfang."

„Ist es nicht und das weißt du ganz genau", widerspricht Clint ihm. Arlo bereut es, dass er sich einen Partner für diesen Fall gewünscht hat. Wieso kann Arlo den Fall nicht doch allein bearbeiten? Einen Partner zu haben ergibt normalerweise Sinn, aber in diesem Fall? Es ist absolut kontraproduktiv, dass Clint hier ist. Er soll einfach wieder auf die Wache verschwinden, von der er gekommen ist.

4. Kapitel

Bis kurz vor elf waren sie gestern auf der Wache. Jetzt gerade ist es halb acht und Arlo tritt durch die Türen. Bevor er zu seinem Schreibtisch geht, führt ihn sein Weg zu der Kaffeemaschine. Dann holt er seine Waffe und seine restliche Ausrüstung. Clint kommt kurz nach ihm in die Wache. Er hat kaum geschlafen. Seine Gedanken drehen sich nur um den Fall und daher hat er heute Morgen auch vergessen, Tee und Milch zu kaufen. Unzufrieden greift er wieder nach dem Früchtetee. Arlo sieht ihn skeptisch an. Wird Clint krank? Schon damals hat er immer Earl Grey mit Milch getrunken. Die dunklen Ringe unter den Augen würden zumindest dafür sprechen, dass es ihm nicht gut geht. Arlo sieht wieder auf seine Tasse, die sich langsam mit Kaffee füllt. Es muss nicht sein, dass Clint denkt, er würde ihn anstarren.

Stumm stehen sie nebeneinander in der Küche. Die Spannung ist derart unangenehm, das man meint, man könnte die Luft spielend leicht mit einer Schere zerschneiden. Zum Glück kommt gerade niemand rein, denkt Arlo sich. Er hat keine Lust, jemandem von der Wache erklären zu müssen, dass Clint Bennet ein Arschloch ist.

Der Kaffee ist fertig, als das Teewasser gerade kocht. Arlo verschwindet aus der Küche. Clint sieht ihm nach. Zumindest einen guten Morgen hätte dieser Idiot ihm mal wünschen können. Clint schüttelt den Kopf. Was hat er von Arlo schon erwartet? Anstand? Wohl kaum.

Er schüttet den Tee auf und sieht unzufrieden in die Tasse. Das Wasser verfärbt sich rötlich. Er muss daran denken, sich Earl Grey zu kaufen. Und Milch. Er möchte zumindest vernünftig in den Tag starten, wenn er schon mit Parsons Zeit verbringen muss.

„Der Autopsiebericht ist da", sagt Arlo, als Clint sich ihm gegenüber an den Schreibtisch setzt.

„Schon?", fragt dieser überrascht. Er hatte nicht vor heute Nachmittag damit gerechnet. Arlo nickt.

„Dr. Walker hat fast die ganze Nacht durchgearbeitet. Er weiß, dass die Möglichkeit besteht, dass in ein paar Tagen die nächste Leiche gefunden wird. Zeit ist kostbar."

Arlo öffnet das Dokument. Er atmet tief durch, als er die Bilder von Allen sieht. Er ist mindestens genauso schlimm zugerichtet, wie Josh. Er liegt mit geschlossenen Augen und einem Tuch über dem Schambereich auf dem Seziertisch.

Clint ist aufgestanden und sieht die Bilder ebenfalls. Die Schnitte konzentrieren sich auf den Oberkörper, aber auf seinen Beinen sind viele dunkle Hämatome zu sehen. Ein großer Handabdruck, wie der am Hals, ist auch zu sehen.

„Er hat sich gewehrt", versteht Clint, ohne den Bericht gelesen zu haben. Arlo nickt stumm und liest. Es könnte dasselbe oder ein sehr ähnliches Messer gewesen sein. An seinem ganzen Körper sind Wunden, aber er wurde nicht sexuell missbraucht. Die Schnitte und Hämatome an den Hand- und Fußgelenken sind wie bei Josh von Seilen. Dann ließt Arlo etwas, dass ihm einen Schauer über den Rücken jagt. An Allens Körper wurde Joshs DNA gefunden. Genauer gesagt dort, wo die Seile, um ihre Gliedmaßen gebunden wurden.

„Es ist der gleiche Täter. Definitiv", versteht Clint und auch ihm ist eiskalt geworden. Der Täter benutzt die gleichen Seile wieder. Wenn er das Messer ebenfalls bei beiden benutzt hat, hat er es gesäubert. Außerdem hat Allen genau wie Josh Holzreste unter den Fingernägeln, die allesamt abgebrochen und blutig sind.

„Er wollte sich befreien", sagt Arlo leise. „Er saß auf einem Stuhl und hat versucht, loszukommen."

„Deswegen das Holz unter den Nägeln", schlussfolgert Clint und Arlo nickt. „Es ist Kiefer und schon einige Jahre alt", liest er vor. „Kiefer ist ziemlich günstig. Es wird häufig für die Erstellung von Möbeln genutzt."

„Es waren wieder keine Fingerabdrücke an dem Opfer", denkt Clint laut nach. „Keine Haare, keine DNA, nichts."

„Was ist, wenn er die Leichen wäscht?", überlegt Arlo, aber Clint schüttelt den Kopf. „Das wäre sehr gründlich. Da würde er wohl kaum die Nägel auslassen. Ich denke eher, dass er eine Art Schutzanzug trägt. Wie ein Maler oder so."

„Die sind nicht schwierig zu finden. Die könnte man ganz einfach im Internet bestellen."

Clint nickt. „Er ist vorsichtig und will keine Spuren hinterlassen. Er könnte vorbestraft sein, dann wären seine Fingerabdrücke im System, vielleicht sogar seine DNA."

„Würde zu dem Aspekt des Sadisten passen", stimmt Arlo zu und liest weiter. „In seiner Kleidung sind Reste von Alkohol zu finden. Von Bier, um genau zu sein, aber er war nüchtern und hatte keinen Alkohol im Blut. Genau wie Josh hatte er einige Tage nichts gegessen, sondern nur ein bisschen getrunken."

„Der Täter gibt beiden nur Wasser zu trinken. Das Bier könnte vorher auf die Kleidung geraten sein."

„Auf der Party?"

Clint zuckt mit den Schultern. „Wäre auf einer Party nicht unwahrscheinlich, oder?" Er setzt sich wieder an den Schreibtisch. Arlo sieht ihn fragend an, als Clint konzentriert auf den Bildschirm schaut.

„Wir haben viele Bilder von der Party von seinen Freunden bekommen. Auf keinem davon hat er einen Fleck auf der Kleidung, aber er ist nach seinen Freunden gegangen. Er hatte seine Jacke drinnen vergessen. Seitdem wurde er nicht mehr gesehen", erklärt Clint. „Es könnte also passiert sein, als er wieder reingegangen ist."

„So könnte der Täter ihn angesprochen haben", spekuliert Arlo. „Dieser alte Ich verschütte aus Versehen mein Getränk-Trick."

Clint nickt nachdenklich. Ihm ist das hier alles zu wage. Natürlich fangen die meisten Ermittlungen so an, aber ihm dauert das zu lange. Wieso haben sie immer noch keine Verbindung zwischen Josh und Allen herausgefunden?

Bis zum Mittag gibt es nichts Neues. Clint hat sich hinter die Berichte der IT-Abteilung geklemmt. Es gibt nicht einmal eine Handynummer, die beide abgespeichert haben. Keine gemeinsamen Bekannten, keine gemeinsame Interessen. Sie sind einander völlig fremd. *Möglicherweise sucht der Täter sich die Opfer tatsächlich zufällig aus.* Vielleicht sind sie nur zum falschen Zeitpunkt am falschen Ort gewesen. Das würde es noch schwieriger machen, den Täter zu finden. Dann gab es keine Auswahlkriterien.

„Josh und Allen haben mit Sicherheit geschrien", denkt er wenig später laut nach. Arlo sieht auf.

„Hast du das nicht gelesen? Im Bericht stand, dass ihnen der Mund gestopft wurde."

Hat Clint das wirklich übersehen? „Wieso hast du das nicht gesagt?", fragt er ihn.

„Wieso sollte ich?"

„Du hast die Berichte bisher vorgelesen. Dieses Detail hast du definitiv ausgelassen", erwidert Clint angepisst. Wieso tut Arlo so etwas? Er bremst sie doch nur aus, wenn er Details auslässt.

„Ich dachte, du würdest die Berichte selbst noch einmal komplett lesen. Ich wusste ja nicht, dass du das nicht kannst."

„Arschloch."

„Schön, wie du dich selbst beschreiben kannst", entgegnet Arlo unberührt. Clint schnaubt. Wer dachte jemals, dass es eine kluge Idee wäre, Arlo zu einem Officer, geschweige denn zu einem Detective zu machen? Dieser Kerl hat keine Empathie und ist ein Egoist. Er ist vollkommen ungeeignet für diesen Beruf.

„Ein Schal", liest Clint.

„Mhm. Ein Seidenschal oder ein Tuch oder so. Nicht, dass du wieder ein Detail nicht mitbekommst", provoziert Arlo ihn.

„Das habe ich schon gelesen, keine Sorge."

Es sind schwarze und grüne Fasern zwischen den Zähnen und unter der Zunge bei beiden Leichen gefunden worden. An den Fasern war Waschmittel.

„Er hat den Stoff gewaschen, nachdem er Josh ermordet und Allen entführt hat", vermutet Clint.

„Wieso wird der Stoff gewaschen, die Seile aber nicht?", will er von Arlo wissen, aber auch dieser hat keine Antwort auf diese Frage.

Die Tafel wird immer voller. Ein Foto der Fasern des Seidenstücks hängt inzwischen ebenfalls dort. Daneben ein Muster den genauen Farben der Fasern. Schwarz und grün sind zwar keine außergewöhnlichen Farben, aber besser als nichts. Arlo hadert mit sich. Jetzt schon an die Presse zu gehen, könnte zu früh sein, aber wenn er es nicht tut und deswegen jemand stirbt... Das will er sich gar nicht vorstellen.

„Macht dir dieses Nichtstun eigentlich Spaß?", fragt Clint ihn und Arlo verdreht genervt die Augen. „Kannst du noch etwas anderes als Scheiße labern?"

„Im Gegensatz zu dir arbeite ich, falls es dir nicht aufgefallen ist", antwortet Clint und deutet auf seinen Schreibtisch. Nein, nicht seinen Schreibtisch. Imogens Schreibtisch. Die Partnerin, die Arlo jetzt bräuchte, die viel mehr Erfahrung hat, klug ist und dazu noch freundlich und grundsätzlich alles, was man von Clint nicht sagen kann.

„Ich denke nach."

„Du denkst nach. Wusste nicht, dass du das kannst."

„Halt die Klappe, Bennet."

„Kein Konter? Wie langweilig", antwortet Clint amüsiert. Er weiß genau, dass er Arlo damit provoziert. Wenn er schon hier sein muss, *bei ihm*, kann er zumindest ein bisschen Spaß haben. Außerdem wirft Arlo ihm ebenso Sprüche an den Kopf. Wenn er damit nicht klar kommt, ist es sein Problem. *Dann hätte er damals gar nicht erst damit anfangen sollen*, denkt Clint sich. Er mochte die Akademie. Es war eine gute Schule und sehr interessant, allerdings wurde jeder einzelne Tag scheiße, sobald Arlo durch die Tür spaziert ist. Ein arroganter Klugscheißer, der Clint von Tag eins auf dem Kicker hatte. Und Clint wäre nicht Clint, wenn er sich das hätte gefallen lassen. Oh nein. Was dachte Arlo damals denn? Dass er wie ein stilles Mäuschen in der Ecke sitzen und nichts sagen würde? Wohl kaum.

Arlo sieht Clint nicht an. Er studiert weiterhin die Tafel. Das ist sehr viel sinnvoller, als sich mit jemandem wie ihm zu beschäftigen. Clint ist derart kindisch. Arlo weiß wirklich nicht, wie er die Prüfungen geschafft hat. Er wettet, dass Clint nur Polizist werden wollte, weil er die Sirene so toll fand. Wie ein Kind eben. Ein kleiner, dummer Junge, der nicht wusste, was er mit seinem Leben anfangen soll. Und jetzt hat er ihn am Hals. *Ätzend.*

„Wir sollten an die Öffentlichkeit gehen", sagt er schließlich.

„Und das beschließt du jetzt, weil?", will Clint von ihm wissen. Erst starrt Arlo zwei Stunden diese Tafel an und jetzt das? Hat er so lange gebraucht, um das zu entscheiden? Es ist nicht so, als wäre Clint da nicht auch schon drauf gekommen, aber Arlo hat nur mit *mhm* geantwortet und dann nichts mehr gesagt. Das war heute Vormittag.

„Wir machen es heute noch. Wir wissen, dass beide Mordfälle zusammenhängen und dass der Täter ein Sadist ist. Mich würde es wundern, wenn sein

Drang, Schmerzen zu bereiten und zu töten nach zwei Opfern gestillt ist. Ich glaube eher, dass er brutaler wird."

„Und wenn er genau das möchte? Aufmerksamkeit meine ich", gibt Clint zu bedenken. „Immerhin hat er die Leichen an öffentlichen Orten abgelegt. Es war klar, dass sie gefunden werden. Er hätte sie auch anders loswerden können, sodass sie nicht direkt gefunden werden."

„Wir können nicht riskieren, dass es so weiter geht. Wir müssen den Menschen sagen, was hier los ist. Früher oder später wird die Presse von den Morden Wind bekommen. Auch, wenn alle mit denen wir gesprochen haben, versichert haben, es nicht weiterzuerzählen; es wissen inzwischen so viele Leute, da kann es nicht mehr lange dauern, bis es die Runde macht", erklärt Arlo seinen Gedankengang. Clint nickt. Auch, wenn er es ungerne zugibt, Arlo hat recht.

„Miller!" Der Rookie kommt zu den Detectives. „Hast du schon einmal eine PK einberufen?", will Clint von ihm wissen.

„Eine Pressekonferenz?"

Clint nickt.

„Nein, aber ich könnte es. Möchten Sie, dass ich eine veranlasse?"

„Ja, für heute Abend noch. Sie soll im großen Konferenzraum stattfinden. Kontaktieren Sie vorher das Büro des Bürgermeisters und benachrichtigen Sie die anderen Wachen in der Gegend", weißt Clint ihn an und Miller macht sich an die Arbeit. Clint sagt es nicht, aber Arlo vermutet, dass er Miller diese Aufgabe gegeben hat, damit er das Gefühl hat, zur Lösung des Falls beizutragen. Ihm ist anzusehen, dass er schlecht schläft. Arlo ist sich sicher, dass er nicht schlafen kann, weil er die Bilder des Tatorts vor Augen hat. Es wird ihm helfen, an diesem Fall mitzuarbeiten.

„Machst du die Täterbeschreibung? Dann fasse ich die Fälle zusammen", schlägt Clint vor. Arlo nickt stumm und macht sich an die Arbeit.

Die Pressekonferenz ist für achtzehn Uhr angesetzt. Im Raum befinden sich bereits einige Journalisten und die Kamerateams stehen bereit. Miller hat das Sprechpodium vorne hingestellt. Clint und Arlo stehen hinter der Glaswand mit den Laptops in der Hand.

„Sollen wir Miller sprechen lassen?", schlägt Clint amüsiert vor.

„Du bist so ein Arschloch. Er ist noch nicht so weit und das weißt du", antwortet Arlo genervt.

„Schon gut. Das war ein Scherz, ich mache das schon", entgegnet er und ohne Arlo zu fragen, ob das für ihn auch passt, betritt er den Raum. Arlo schnaubt und stellt sich an seine Seite. Das ist sein Fall, er sollte ihn der Öffentlichkeit vorstellen.

Clint tritt nach vorne. „Vielen Dank, dass Sie so kurzfristig hier erscheinen konnten. Wie Sie sich sicher denken können, ist der Anlass dazu sehr unerfreulich. Vor einigen Tagen wurde die Leiche eines jungen Mannes gefunden", beginnt er zu berichten. Arlo hört ihm stumm zu und versucht, nicht an die Familien der Opfer zu denken, die garantiert gerade vor den Fernsehern sitzen. Die Eltern wurden im Vorfeld darüber informiert, dass eine Pressekonferenz stattfinden würde. Sie sollten es nicht zufällig mitbekommen und mit anhören müssen, was Josh und Allen angetan wurde.

„Zum Täter wissen wir bisher, dass er große Hände hat. Er ist stark genug, die Leichen zu bewegen und die Opfer zu fesseln. Er hat Zugang zu einem Ort, wo er sie unbemerkt foltern und umbringen kann. Außerdem ist es sehr wahrscheinlich, dass er ein Auto besitzt. Er kann sich seiner Umgebung anpassen und weiß, wie er wirkt, um nicht aufzufallen. Zum Alter können wir bisher wenig sagen und wir möchten es nicht auf das East End eingrenzen. Wenn er ein Auto haben sollte, könnte er in ganz London unterwegs sein", erklärt Clint mit klarem Tonfall. Keiner der Journalisten unterbricht ihn, bis er zu Ende gesprochen hat. Erst dann hagelt es Fragen. Das war zu erwarten.

„Also gibt es einen Serienmörder im East End?", hört man einen Journalisten laut fragen. „Er hat nicht die gleiche Vorgehensweise wie Jack The Ripper, falls Sie darauf anspielen", antwortet Clint. Natürlich wollte der Polizist darauf hinaus. „Die Wunden und die Vorgehensweise ist eine ganz andere. Außerdem sind die Opfer keine weiblichen Prostituierten, sondern junge Männer", stellt er klar. Sie können es gar nicht gebrauchen, wenn die Presse die Fakten verdreht und es so darstellt, als würde ein Nachahmer von Jack The Ripper hier herumlaufen.

Clint beantwortet noch einige Fragen, dann verlässt er das Podium und einige Streifenpolizisten begleiten die Journalisten nach draußen. Wieder am Schreibtisch atmet er tief durch und trinkt einen Schluck Tee. Es ist immer noch Früchtetee.

„Ich hätte das auch machen können", sagt Arlo. Clint sieht ihn verwundert an. „Wieso sagst du das?"

„Du siehst aus, als hätte es dich ziemlich angestrengt."

„Das ist es nicht." Er schüttelt den Kopf. „Es ist nur so, dass meine Familie nicht gerne sieht, wenn ich an derart gefährlichen Fällen arbeite. Wenn es nach Ihnen ginge, sollte ich den ganzen Tag nur Strafzettel schreiben und Papierkram machen. Ich wette in den nächsten zehn Minuten ruft meine Mutter an." Clint beißt sich auf die Zunge. Er sollte Arlo nicht von seiner Familie erzählen, es geht ihn nichts an.

5. KAPITEL

Seit der Pressekonferenz klingelt ununterbrochen das Telefon. Das war zu erwarten. Einige der Rookies müssen helfen und auch einige andere Officer machen freiwillig Überstunden, um die Anrufe entgegenzunehmen. Bei jedem zweiten Anruf ist eine Person dran, die behauptet, den Täter gesehen zu haben. Ganz, ganz sicher! Alle Beschreibungen zum Aussehen gehen dabei vollkommen auseinander. Wie immer sind außerdem Leute darunter, die felsenfest behaupten, einer der Nachbarn wäre der Mörder. Die Begründungen sind total bescheuert. Der eine schneidet den Rasen falsch, der andere bestellt sich spät abends Pizza und der Nächste ist nachts nicht da, was sofort damit gleichgesetzt wird, dass die Person kriminell ist. Dass es so etwas wie Nachtschichten gibt, ist völlig irrelevant und zählt als Argument nicht.

Es ist ein schwieriger und anstrengender Job. Man muss genau zuhören und gleichzeitig erkennen, wenn jemand Mist redet, um aufzulegen und die Leitung freizuhalten. Abends gibt es nur eine Handvoll Hinweise. Seufzend sieht Arlo sich die Informationen an, die die Officer rausgeschrieben haben. Es sind nicht viele. Eine Anwohnerin hat ein Auto nachts vor dem Haus parken sehen, dass niemandem ihrer Nachbarn gehört. Ihr war es aufgefallen, weil zehn Minuten der Motor lief, aber weit und breit niemand zu sehen war. Es war die Straße am Park und der Uhrzeit nach, könnte es der Ford Fiesta gewesen sein. Leider erinnert sich die Dame nicht mehr daran, wie genau das Auto ausgesehen hat. Zwei Mal hat sie kurz aus dem Fenster geschaut und dann war das Auto wieder weg. Auf die Farbe oder das Modell hat sie nicht geachtet.

Es ist ein vager Hinweis, sehr vage. Arlo ist sich nicht sicher, ob er ihn an die Tafel hängen soll. Dann tut er es aber, lieber zu viel als zu wenig.

„Ich habe vielleicht was", unterbricht Clint, der bis eben selbst noch telefoniert hat, seine Gedanken. Er stellt sich zu Arlo und sagt: „Ich habe mit den Barkeepern gesprochen, die an dem Abend

Dienst hatten, als Allen James das letzte Mal gesehen wurde. Einer von ihnen glaubt sich zu erinnern, dass Allen nicht allein gegangen ist."

„Aber seine Freunde waren schon weg", antwortet Arlo skeptisch. Clint nickt. „Ganz genau. Der Barkeeper meint, er wäre sich zu 80 Prozent sicher."

„Das ist nicht hundert."

„Das ist besser als nichts", entgegnet Clint und spricht weiter. „Allen James ist nicht gezwungen worden oder so, das wäre definitiv aufgefallen. Es gab keine Schlägerei oder Auseinandersetzung."

„Du denkst, er ist freiwillig mitgegangen", versteht Arlo. Clint zuckt mit den Schultern.

„Möglich wäre es. Du weißt genau, dass es Menschen gibt, die unglaublich charmant wirken können, obwohl sie das absolute Gegenteil sind."

„Was wissen wir über die Sexualität von Josh und Allen?", fragt Arlo und sieht die Unterlagen zu den beiden Opfern durch. Wieso haben sie nicht früher darüber nachgedacht? Was ist, wenn der Täter mit Josh und Allen geflirtet hat und sie deshalb mitgegangen sind?

„Josh war hetero, genau wie Allen", beantwortet Clint die Frage und wirft diese Theorie damit wieder über den Haufen.

„Ich meine, vielleicht hatten beide eine Erleuchtung, aber wie wahrscheinlich ist es, dass der Täter sich genau so jemanden raussucht?", will Clint von ihm wissen. Arlo seufzt. Er weiß, dass Clint Recht hat. Wie hat er es also geschafft, dass diese Männer mit ihm mitgegangen sind? Es gibt hunderte Antworten auf diese Frage, aber keine, die sie belegen können.

Arlo ist am nächsten Morgen früh dran. Er steigt in seinen Wagen und macht sich auf den Weg zur Wache. Ob Clint schon da ist? Gestern Abend sind sie wieder aneinander gerasselt. Scheiße, dieser Kerl bringt ihn zur Weißglut. Er versteht nicht, wie Clint sich nicht selbst auf die Nerven geht. Er schüttelt leicht den Kopf und fährt bei einem Supermarkt ran. Clint ist jeden Morgen unleidlich und anstrengend. Arlo muss ihn schon den ganzen Tag ertragen, er braucht zumindest morgens eine Pause von diesem Gelaber. Clint redet am laufenden Band Müll. Meistens. Fast.

Arlo steigt aus und sieht auf die Uhr. Er wird wahrscheinlich ein paar Minuten zu spät sein, aber was soll's. Lange braucht er nicht. Zehn Minuten später betritt er die Wache und macht sich direkt auf den Weg in die Küche. Er braucht Kaffee. Dringend.

„Auch schon da?", fragt Clint und sieht ihn abwertend an. „Hast du die Wache nicht gefunden, oder wieso bist du so spät heute?"

„Halt die Klappe. Es ist gerade mal halb acht", antwortet Arlo ihm genervt. „Hast du nichts Besseres zu tun, als mir zuzuschauen, wie ich Kaffee mache?"

„Alles ist besser, als dir bei irgendetwas zuzuschauen."

„Und trotzdem stehst du hier", provoziert Arlo ihn und trinkt einen Schluck Kaffee. Clint schnaubt, dreht sich auf dem Absatz um und geht wieder. Arlo grinst zufrieden und holt sich seine Ausrüstung. Auch, wenn sie in der Wache sind, trägt er seine Waffe bei sich. Es könnte jeden Moment passieren, dass sie los müssen. Zeit ist kostbar und im Zweifelsfall hängt ein Leben davon ab.

Clint sitzt mürrisch am Schreibtisch. Amüsiert sieht Arlo ihn an. „Ist dir die Schokolade ausgegangen oder warum bist du so schlecht gelaunt?"

„Halt's Maul."

Arlo lacht. Er weiß genau, dass Clint es hasst, dass er sein heimliches Laster kennt. Schon in der Academy hat Clint Schokolade gegessen, wenn er gestresst war. Vor jeder Prüfung lag ein Riegel auf dem Tisch. Manchmal war es auch direkt eine ganze Tafel.

Einen kurzen Moment sieht Clint ihn wütend an. Dann steht er auf und verschwindet in die Küche. Arlo kümmert das nicht weiter, er arbeitet lieber.

Clint ist schlecht gelaunt. Er wollte gestern schon Tee kaufen, aber hat es mal wieder vergessen. Seine Gedanken kreisen nur um diesen Fall. Um Josh und Allen und den Täter, dem sie immer noch so gut wie kein Stück näher gekommen sind. Es macht ihn wahnsinnig. Er hasst es. Dass er hier keinen richtigen Tee hat, macht es nicht besser. Genervt öffnet er den Schrank und will sich gerade wieder Früchtetee nehmen, als er eine Packung Earl Grey entdeckt. Hat auf dieser Wache etwa jemand

Geschmack? Er weiß nicht, von wem dieser Tee ist, aber einen Beutel kann der- oder diejenige bestimmt entbehren.

Zu seinem Glück findet er im Kühlschrank sogar Milch. Vielleicht ist der Tag doch nicht ganz so schlimm, wie er angenommen hatte. Clint trinkt einen Schluck und lächelt unbewusst zufrieden. Arlo mustert ihn kurz, als Clint wiederkommt. Der Kerl hält ja tatsächlich die Klappe. *Wie gut, dass er noch weiß, wie Clint seinen Tee trinkt.* Er war in der Academy schon unausstehlich, wenn er den morgens nicht hatte. Wieso ist er nicht früher darauf gekommen, Tee zu besorgen?

6. KAPITEL

„Detective Parsons?"

Arlo sieht auf. Ein Kollege steht im Durchgang zum Empfangsbereich. „Was gibt's?"

„Vorne steht ein Mann, der behauptet, etwas zu Ihrem Fall zu wissen."

Arlo nickt und steht auf. Er folgt dem Officer nach vorne. Am Empfang steht ein junger Mann. Er wirkt nervös und unbeholfen. Arlo geht zu ihm.

„Guten Tag, mein Name ist Detective Parsons. Ich arbeite an den Mordfällen." Er mustert den Mann. Er ist so alt wie er selbst, vielleicht ein bisschen jünger. Er scheint ein wenig durch den Wind zu sein, aber wenn er wirklich etwas weiß, kann man es ihm nicht verübeln. „Lassen Sie uns wo anders sprechen", beschließt Arlo und bringt ihn in einen Konferenzraum. Ein Verhörraum könnte in dieser Situation zu einschüchternd wirken. Der Mann setzt sich und sieht sich um. Dieser Raum ist sehr funktional eingerichtet. Sehr kalt.

„Mein Name ist Mason Smith", fängt er an und räuspert sich. Er strafft die Schultern und Arlo sieht ihm an, dass er seine Gedanken erst einmal ordnen muss. Zu allem Überfluss betritt jetzt auch noch Clint den Raum. Er stellt Mister Smith ein Wasser auf den Tisch und setzt sich neben Arlo. Mister Smith sieht ihn kurz verwundert an.

„Das ist mein Kollege Detective Bennet", stellt Arlo ihn vor. Clint hat ja offenbar nicht den Anstand, das selbst zu tun.

Mister Smith nickt und fängt dann an zu sprechen. „Ich war vor ein paar Tagen unterwegs. Mir ging es nicht gut und ein Polizist hat mir geholfen. Mir wurde gesagt, er arbeitet hier. Er... äh... ist glaube ich Anfang zwanzig und groß und dünn. Er ist blond."

Arlo sieht zu Clint und sagt leise: „Das könnte Miller sein."

„Ich hole ihn eben." Clint verlässt den Raum wieder. Sie warten, bis Clint mit Miller im Schlepptau wiederkommt. Dieser sieht ein wenig verwundert aus, erkennt den Mann aber augenscheinlich, als er den Raum betritt. Mister Smith nickt. „Ja, das ist er."

„Hi, mein Name ist Officer Miller. Wir sind uns vor ein paar Tagen begegnet, richtig?"

Mister Smith nickt. „Ja. Sie waren vor der Kneipe. Ich… nach diesem Bericht im Fernsehen ist mir gestern dieser Abend wieder eingefallen. Ich weiß nicht, ob es hilft, aber ich dachte, es wäre besser herzukommen."

Arlo sieht Miller kurz an, aber dieser weiß offenbar nicht so ganz, was der besagte Abend mit dem Fall zu tun haben könnte.

„Sie haben in der Pressekonferenz gesagt, dass ein Mann mit großen Händen gesucht wird. Er hat zwei Studenten getötet, richtig?" Clint nickt stumm und lässt Mister Smith weitersprechen.

„Bevor die Pressekonferenz ausgestrahlt wurde, war ich in einer Bar, wo sich auch immer viele Studenten aufhalten. An diesem Abend war ich sehr betrunken. So ein Kerl hat mir immer wieder ein Bier ausgegeben. Ich dachte, er wäre einfach nur nett, weil er auch ein Manchester-Fan ist. Das hat er zumindest gesagt, nachdem ich erzählt habe, dass ich aus Manchester hergezogen bin fürs Studium.

Ich habe mir nichts dabei gedacht. Vielleicht weil ich so betrunken war. Sie suchen jemanden, der unscheinbar ist, oder? Und sich auf eine Person konzentriert und große Hände hat. Jemanden der in East London abends allein unterwegs ist. Keiner meiner Freunde und auch sonst niemand dort kannte diesen Kerl. Er saß allein an der Bar, als ich mein erstes Bier bestellt habe. Er hat nur Wasser getrunken, keinen Alkohol."

Arlo sieht kurz zu Clint. Das ist zwar alles sehr wage, aber es passt.

„Er war charmant und hat vorgeschlagen, dass wir noch weiterziehen. Es kam ziemlich plötzlich und eigentlich hatte ich überhaupt nicht zugestimmt, aber irgendwie stand ich dann auf der Straße. Da sind Sie vorbeigekommen." Mister Smith sieht Miller an. „Da habe ich Sie gefragt, ob es Ihnen gut geht. Sie haben ziemlich getaumelt."

Mister Smith nickt. „Mir ging es überhaupt nicht gut. Ich weiß nicht, wie ich es in dieses Taxi geschafft habe."

„Ich habe es heran gewunken. Es ist zufällig vorbeigefahren", antwortet Miller. „Bei Ihnen war aber niemand."

„Der Kerl war hinter mir. Ich sollte ihn James nennen. Dieser Kerl meinte, er wäre Fischer. Er sei kein Student, sondern würde fischen und er sei nicht von hier."

Arlo schreibt die ganze Zeit mit und spannt sich nun an. Ein James der Fischer ist? *Allen James und Josh Fisher.*

„Hat er noch etwas zu Ihnen gesagt?"

„Nicht viel. Er sagte, er wäre neu in der Stadt und deswegen allein dort. Ich dachte, da wäre nichts dabei."

„Sie müssen sich keine Vorwürfe machen", sagt Clint sofort. „Sie konnten das nicht wissen. Es leben Millionen Menschen in London. Sie hätten nicht damit rechnen können, so jemandem zu begegnen."

„Ich weiß nicht, ob es überhaupt hilft, was ich sage. Am Ende beschuldige ich jemanden, der überhaupt nichts getan hat. Als ich Ihre Beschreibung gesehen habe, musste ich an den Abend denken." Er sieht zu Miller. „Und ich möchte Ihnen danken. Sie waren noch in Uniform und vielleicht hat es diesen Kerl verschreckt. Wenn er es wirklich war."

Miller nickt leicht. „Natürlich. Ihnen ging es nicht gut. Das hätte ich auch getan, wenn ich keine Uniform angehabt hätte." Miller versucht sich zusammenzureißen, aber der Gedanke daran, dass er möglicherweise einem Mörder über die Füße gestolpert ist, hat ihn bleich werden lassen.

„Es hätte längst nicht jeder getan. Wenn Sie nicht gewesen wären. Wer weiß, vielleicht wäre ich jetzt genauso tot, wie die anderen beiden", erwidert Mister Smith und Miller nickt.

„Mister Smith, wir würden diese Aussage gerne aufnehmen. Dazu bräuchten wir noch einige Daten, ist das okay?", fragt Arlo ihn und er stimmt sofort zu. „Natürlich. Wenn es Ihnen hilft, diesen Mann zu fassen, auf jeden Fall."

Clint hat bereits alles Notwendige mitgebracht, als er Miller geholt hat. Er schiebt ihm einen Block zu. „Schreiben Sie bitte alles auf, was sie von der Nacht noch wissen. Es ist egal, wie unwichtig es Ihnen erscheint. Es könnte wichtig sein."

Mister Smith nickt und nimmt sich den Block und den Stift. Arlo wendet sich Clint zu. „Bleibst du kurz hier? Ich gehe mit Miller einen Moment vor die Tür."

Clint nickt. „Klar."

Miller folgt Arlo mit weichen Knien. „Ich wusste nicht… hätte ich ihn erkennen sollen? Ich wusste, worauf man achten muss und…", stottert er vor sich hin. „Machen Sie sich keine Vorwürfe", widerspricht Arlo ihm. „Im Gegenteil. Möglicherweise haben Sie Mister Smith das Leben gerettet. Das ist etwas Gutes. Niemand glaubt auf dem Weg nach Hause einem Mörder zu begegnen."

Miller nickt stoisch. „Ich habe ihn nicht gesehen. Jemand hat die Tür der Kneipe aufgehalten, glaube ich, aber ich habe nicht darauf geachtet. Vielleicht hätte ich sein Gesicht sehen können, aber ich weiß es nicht mehr."

„Seien Sie nicht zu hart mit sich", betont Arlo noch einmal. „Sie hätten Ihn an diesem Abend so oder so nicht festnehmen können. Mit welchem Grund hätten Sie einfach so einen Mann aus einer Bar abführen sollen? Weil er große Hände hat und nicht von hier ist? Wohl kaum."

Miller nickt und atmet tief durch. „Stimmt. Und ich habe diesen Mann gerettet." Er denkt kurz nach. „Dann müsste der nächste Mord in sechs Tagen geschehen." Arlo sieht ihn fragend an, woraufhin er erklärt: „Zwischen den Morden von Josh Fisher und Allen James lagen sieben Tage, richtig? Drei Tage wurden beide festgehalten. Wenn man davon ausgeht, dass danach vier Tage lang Pause ist, bis das nächste Opfer entführt wird und Mister Smith theoretisch Opfer Nummer drei gewesen wäre, müsste es sechs Tage dauern, bis die nächste Leiche gefunden wird", erklärt er. „Mister Smith ist vor vier Tagen aus dieser Kneipe gekommen. Es passt ins zeitliche Muster."

Verdammt, flucht Arlo innerlich. Wenn das stimmt, entführt der Täter das nächste Opfer in drei Tagen. Er geht zurück zu Clint. Mister Smith ist fast fertig mit der Aussage. Sie müssen gleich dringend reden.

„Du denkst, wir haben noch drei Tage?", fragt Clint nach. Arlo nickt. „Miller hat mich darauf gebracht. Wenn Mister Smith wirklich fast entführt worden wäre, wäre er der Dritte in diesem zeitlichen Muster."

„Und um das herauszufinden, musste dir erst ein Rookie helfen? Nein, Moment, er hat es rausgefunden, oder? Du wärst da gar nicht drauf gekommen", antwortet Clint ihm. Arlo verdreht die Augen. „Dir ist schon klar, dass du da auch nicht drauf gekommen bist, oder?"

„Und das weißt du, weil? Du hast es mir erzählt, bevor wir darüber reden konnten, worüber ich mir Gedanken gemacht habe", entgegnet Clint.

„Ich soll dir also abkaufen, dass du auf den gleichen Schluss wie Miller gekommen bist, ja? Verarsch jemand anderen."

Clint zuckt mit den Schultern und lässt Arlos Worte spurlos an sich abprallen. Diese Fähigkeit hat er sich bereits vor Jahren sehr schnell angeeignet. Ansonsten hätte er es mit diesem nervtötenden Klugscheißer nicht ausgehalten. Stattdessen wäre er irgendwann durchgedreht und seine Zukunft war ihm definitiv wichtiger als Arlo. Ist sie immer noch. Nur aus diesem Grund hat er den Fall noch nicht abgegeben. Diesen Kerl zu fassen, wird seine Karriere voranbringen. Er will diesen Erfolg. Außerdem ist Aufgeben schlicht und ergreifend keine Option für ihn, nicht in diesem Job.

Arlo hat auf der Karte inzwischen die Kneipe markiert, in der Mister Smith dem Täter wahrscheinlich begegnet ist. Sie ist nicht allzu weit von den Parks entfernt, wo die Leichen gefunden wurden. Und sie ist nur ein paar Straßen von dem Club entfernt, wo Allen James das letzte Mal gesehen wurde. Er fasst einen Entschluss. „Heute Abend gehen wir durch die Kneipen. Ich denke, der Täter hat sich Josh Fisher auch in einer von denen ausgesucht."

Clint sieht ihn überrascht an, ehe sein Blick skeptisch wird. „Weißt du, wie viele Kneipen und Clubs es hier in der Gegend gibt?"

„Wir begrenzen uns auf Lokale, die von Studierenden bevorzugt werden."

„Das grenzt es nur minimal ein", erwidert Clint unzufrieden. Arlo zuckt mit den Schultern. „Dann hoffe ich, dass du heute Abend nichts mehr vor hast. Wir werden ausgehen."

„Ausgehen?"

„In die Kneipen und Clubs. Wir fragen die Gäste und Barkeeper. Gute, alte Polizeiarbeit."

7. Kapitel

Clint könnte sich seinen Abend definitiv schöner vorstellen, aber er weiß, dass Arlo recht damit hat, dass es definitiv Sinn ergibt, diese Orte abzuklappern. Um kurz vor vier machen sie sich auf den Weg. Die ersten Kneipen öffnen gleich. Sie haben sich eine Route rausgesucht, damit sie kein Lokal aus Versehen auslassen. Arlo hat sein Hemd ein wenig geöffnet und seine Haare liegen nicht mehr so perfekt wie heute Morgen. Als Student geht er zwar nicht durch, aber ihm ist auch nicht mehr „Polizist" auf die Stirn geschrieben. Clint mustert ihn skeptisch, als er die Bilder von Josh und Allen ausdruckt, die sie gleich mitnehmen werden.

„Was ist?", fragt Arlo ihn, als er seinen Blick bemerkt. Clint presst die Lippen aufeinander und antwortet ihm nicht. Findet Arlo es nicht unpassend, so während der Arbeit auszusehen?

Clint trägt nur ein schlichtes Shirt, weswegen er sich nicht die Mühe macht, anders als sonst auszusehen. Sie steigen in Arlos Wagen und machen sich auf den Weg. Er parkt in einer Seitenstraße nahe der ersten Kneipe.

„Hier." Er drückt Arlo praktisch jeweils eins der Bilder der Opfer in die Hand und betritt vor ihm die Bar. Er denkt gar nicht daran, Arlo die Tür aufzuhalten. Das soll der Kerl schön selbst tun.

Es ist noch nicht viel los, als sie zur Bar laufen. Eine junge Frau steht dahinter und macht ein paar anderen Mädels gerade eine Runde Bier. „Ich bin sofort bei Ihnen", sagt sie, lächelt kurz und kassiert die Gruppe ab.

„Was hätten Sie gerne?", fragt sie freundlich. Arlo legt die Bilder auf den Tresen. „Haben Sie einen der beiden Männer schon einmal gesehen?", möchte er wissen. Die Barkeeperin mustert ihn skeptisch und sieht dann zu Clint. Er zeigt ihr seine Marke.

„Sind sie das? Die beiden Männer, die getötet wurden?", fragt sie und sieht sich die Bilder wieder an. „Noch nie gesehen, tut mir leid. Ich kann aber meine Kollegen eben holen. Ich arbeite hier nur einmal die Woche. Vielleicht wissen die etwas", bietet sie an.

„Danke, machen Sie das", antwortet Clint und sie nickt knapp, ehe sie verschwindet. Alle Angestellten sprechen mit ihnen, aber niemand hat die beiden Männer je in dieser Kneipe gesehen. Arlo ist nicht überrascht. Es ist immerhin die erste Kneipe, in der sie sind. Es werden noch viele weitere folgen.

Sie klappern ein Lokal nach dem anderen ab. Es wird zunehmend anstrengender und schwieriger, denn es wird immer voller und die Menschen um sie herum immer betrunkener.

„Hey, seid ihr nur zu zweit hier?", fragt plötzlich eine Frau, die gegen Clint gestolpert ist. Arlo sieht sich die Szene amüsiert an. „Wir sind im Dienst", antwortet Clint und zeigt ihr seine Marke.

„Uh… Stripper!", grölt ein Kerl, der offenbar zur gleichen Freundesgruppe gehört.

„Nein, echte Polizei", antwortet Arlo amüsiert. Clint hingegen findet das ganz und gar nicht lustig. Er schüttelt die Frau ab und bahnt sich den Weg zur Bar.

„Verdammt, wieso wird man immer direkt für einen Stripper gehalten?", fragt er. Arlo zuckt mit den

Schultern. „Nimm es doch einfach als Kompliment."

„Bitte was?"

„Er wollte dich nackt sehen."

„Du hast sie nicht mehr alle."

„Ich bin nur nicht so verklemmt wie du."

„Wir sind im Dienst!"

Arlo fängt an zu lachen und erst da versteht Clint, dass er ihn gerade verarscht hat. „Pisser", murmelt er, aber das macht es für Arlo nur noch besser.

„Entspann dich. Es ist doch nichts passiert."

„Und wenn etwas passiert wäre?"

„Ich bin sicher, sobald du angefangen hättest, mit den Leuten zu sprechen, hätten sie dich gebeten, dich bloß wieder anzuziehen und zu gehen."

„Ich hasse dich."

„Ja, natürlich tust du das", grinst Arlo und winkt den Barkeeper ran. Er deutet ihnen, dass er in zwei Minuten bei Ihnen ist. Damit kann Arlo leben. Clint sieht sich um, während Arlo dort stehen bleibt.

„Ich schätze, du bist auch kein Stripper?", wird er angesprochen. Er dreht sich nach links. „Nein, bin ich nicht."

„Schade." Der Kerl flirtet mit ihm. Und wie. Arlo mustert ihn kurz. Er ist ein bisschen angetrunken, aber nicht allzu sehr. Und er sieht gut aus, ziemlich. Er hat hellbraune Haare und braune Augen.

„Denkst du, damit könntest du bei mir landen?", fragt Arlo ihn amüsiert.

„Nein, aber ich wusste nicht, wie ich jemanden wie dich sonst ansprechen könnte. Besser blöd als gar nicht, oder?"

„Kommt auf die Situation an", antwortet Arlo ihm und der Kerl rudert sofort zurück. „Ja, natürlich. So meinte ich das nicht!"

Arlo winkt ab. „Schon gut. Allerdings bin ich im Dienst."

„Das heißt, kein Alkohol, oder?"

„Auch kein Wasser, zumindest nicht jetzt."

„Mhm, schade." Er zögert einen kurzen Moment. Dann sagt er: „Ich bin Jack. Darf ich nach deinem Namen fragen?"

„Arlo", antwortet er und sieht kurz zu Clint. Dieser spricht mit einem der Securities. Einen Moment hat er also noch. Immerhin ein bisschen Glück heute Abend.

„Wenn ich nicht im Dienst wäre, hätte ich den Drink übrigens angenommen."

Überrascht sieht Jack ihn an. Dann lächelt er ein bisschen. Es wirkt ein wenig schüchtern, aber süß, stellt Arlo fest. Definitiv süß. Definitiv sein Typ.

„Mit der Antwort habe ich nicht gerechnet, aber das freut mich. Ich bin mir ehrlich gesagt wie ein Idiot vorgekommen, als ich den ersten Satz ausgesprochen habe."

„Ein guter Spruch war es jedenfalls nicht", erwidert Arlo und lacht. Jack steigt mit ein und nickt.

„Tut mir leid. Das war dämlich. Mit dem Drink… könnten wir das wann anders machen? Wenn du nicht im Dienst bist, meine ich."

„Gerne", entscheidet Arlo. Jack reicht ihm sein Handy und er tippt seine Nummer ein.

„Was wird das denn?" Clint steht neben Arlo und sieht ihn perplex an. „Du arbeitest, schon vergessen? Wir sind hier nicht, damit du wen aufreißen kannst!"

Arlo verdreht die Augen. „Eine kurze Pause ist jedem von uns gegönnt. Stell dich nicht so an."

„Ich soll mich nicht so anstellen? Bitte was? Ich arbeite und spreche mit den Mitarbeitern und du flirtest. Geht's noch?!", will er von ihm wissen. Arlo seufzt. „Bitte entschuldige meinen Kollegen", sagt er zu Jack gewandt. Dieser winkt ab und antwortet sofort: „Kein Problem. Dein Job ist wichtig. Er hat wahrscheinlich recht und du solltest weiterarbeiten. Ihr seid sicherlich nicht umsonst hier."

„Nein, sind wir nicht!", antwortet Clint ihm aufgebracht. „Und Arlo wird jetzt seinen Arsch rausbewegen." Arlo verdreht die Augen, nickt Jack kurz zu und geht an ihm vorbei. In diesem Moment bricht Chaos aus. Schneller, als Arlo reagieren kann, hat Clint sich Jack gegriffen und ihm einen Arm nach hinten gedreht. „Fuck, was soll das?!", fragt dieser laut und stöhnt vor Schmerzen auf.

„Mitkommen", sagt Clint streng und bringt ihn mit schnellen Schritten aus der Kneipe. „Was soll das?", will Arlo wissen und läuft den beiden hinterher. Vor der Tür legt er Clint eine Hand auf die Schulter. „Lass ihn los."

„Er wollte nach deiner Waffe greifen."

„Das stimmt überhaupt nicht! Fuck, das tut weh!", beschwert Jack sich.

„Clint, lass ihn los!", verlangt Arlo mit mehr Nachdruck. Clint sieht ihn an und lockert seinen

Griff. Jack rollt die Schulter und bewegt seinen Arm. „Was sollte das? Ich habe nichts gemacht!"

„Ich habe es gesehen, ich bin nicht blöd", antwortet Clint trocken, aber Jack schüttelt den Kopf. „Ich habe nichts getan. Ich habe nur mein Glas Bier in die andere Hand genommen, damit Arlo vorbeigehen kann." Er hält das Glas hoch, dass er tatsächlich in einer der Hände hält.

„Es tut mir wirklich leid", sagt Arlo. „Wir müssen jetzt weiter. Meine Nummer hast du ja."

Arlo drückt Clint an der Schulter herum und geht einige Schritte. Als sie nicht mehr vor der Kneipe sind, bleibt er stehen und sieht Clint fragend an.

„Was zur Hölle sollte das?"

„Er wollte dir an die Waffe greifen."

„Wollte er nicht."

„Dann eben an deinen Arsch."

„Was?"

Clint schnaubt und schüttelt den Kopf. „Vergiss es einfach, Mister Super-Polizist."

„Sag mal, was ist los mit dir? Du weißt, dass er dich dafür melden könnte, oder? Das wäre gar nicht gut."

„Das ist mir klar", brummt Clint unzufrieden und missmutig. Arlo sieht ihn einen Moment an, bevor er sagt: „Ich glaube, wir sollten für heute Schluss machen. Wir haben mehr als die Hälfte der Lokale durch. Den Rest können wir morgen Abend machen."

„Glaubst du, dass ich nicht mehr klar denken kann?"

„Ich glaube, dass du unüberlegt gehandelt hast und das dürfen wir in unserem Job nicht. Muss ich dir das wirklich erklären?"

„Ich muss mir von *dir* gar nichts erklären lassen", faucht Clint zurück. Was denkt Arlo eigentlich wer er ist? Er braucht sicher keine Lektion von einem Kerl wie *ihm*.

8. Kapitel

Stumm setzt Arlo Clint bei der Wache ab. Sie haben kein Wort auf der Rückfahrt miteinander gesprochen – nicht dass es einen von ihnen sonderlich gestört hätte. Fast wollte er Clint fragen, ob er ihn zuhause absetzen soll. Dann kam ihm dieser Gedanke aber ziemlich dämlich vor. Wieso sollte er das tun? Für ihn selbst wäre es wahrscheinlich ein Umweg gewesen und Clint ist nun wirklich nicht die Person, der man gerne einen Gefallen tut.

An der Wache angekommen, ist Clint, ohne sich zu verabschieden, aus dem Auto ausgestiegen und nach Hause gegangen. Das ist inzwischen zwei Stunden her und eigentlich wollte er schon längst schlafen. Stattdessen sitzt er noch auf seinem Sofa und schaut irgendeine dumme Sendung, deren Inhalt ihm total egal ist. Er hat sich Pizza bestellt und war duschen. Seitdem lassen ihn seine Gedanken nicht mehr in Ruhe. Er geht immer wieder den

Abend durch. Er sieht die Szene vor seinem inneren Auge. Wie konnte Arlo das nicht merken? Und wieso hat Arlo in seiner Arbeitszeit angefangen zu flirten? Das gehört sich einfach nicht. Wenn er als Detective unterwegs ist, hat er einen Job zu erledigen und sich nicht seinen nächsten Lover zu suchen. Abgesehen davon war der Kerl komisch. Wieso ist Arlo auf ihn eingegangen? Freundlichkeit kann es nicht sein, denkt Clint sich. Arlo ist nicht freundlich.

Es ist nach Mitternacht, als er sich ins Bett legt. Er ist hellwach und seine Gedanken kreisen um seinen dummen Kollegen. Nicht einmal jetzt kann Arlo ihn in Ruhe lassen. Er möchte doch nur schlafen, ist das wirklich zu viel verlangt?

Er hasst es, zu spät zu sein. Clint hat den Wecker nicht gehört (oder im Halbschaf ausgeschaltet, er ist sich da nicht ganz sicher) und kommt deswegen über eine halbe Stunde später auf der Wache als normalerweise. Er ist müde und genervt und bei dem Gedanken daran, sich jetzt gleich einen dummen Spruch von Arlo anzuhören, würde er am liebsten wieder umdrehen und sich zurück in sein

Bett verkriechen. Das würde er aber natürlich niemals zugeben. Sein erstes Ziel ist die Küche. Er macht sich Tee und sieht, dass eine Dose mit Muffins auf dem Tisch steht. Er hat nicht gefrühstückt. Wer sagt, dass man Muffins nicht frühstücken kann? Er nimmt sich einen und holt die Milch aus dem Kühlschrank.

Die Muffins schmecken gut. Schokolade und Nuss, das geht immer. Er geht zu seinem Schreibtisch. Arlo steht, wie so oft, vor der Tafel. Er hat auf der Karte die Lokale markiert, in denen sie gestern waren. Es fehlen noch einige und Clint seufzt leise. Er will nachher nicht schon wieder mit Arlo unterwegs sein.

„Auch mal da", sagt Arlo, ohne Clint anzuschauen.

„Offensichtlich", antwortet Clint knapp und wartet auf den dummen Spruch, der sicherlich folgen wird. Arlo sagt nichts. Clint wird skeptisch. „Das war's? Mehr sagst du dazu nicht?"

„Was soll ich dazu sagen? Es ist deine Sache, wie wichtig dir dieser Fall ist."

„Bitte was?"

„Übrigens, vor einer halben Stunde war der Captain hier. Er wollte wissen, wie der Stand ist."

„Fuck", flucht Clint leise. Arlo zuckt mit den Schultern und dreht sich zu ihm um. „Du warst nicht da. Was das bedeutet, kann ich dir nicht sagen. Da musst du selbst drüber nachdenken."

„Du bist schlecht gelaunt", bemerkt Clint. Arlo sieht ihn an, aber Clint kann den Ausdruck nicht deuten. Er wird skeptisch. Wieder keine dumme Antwort. Was ist hier los?

„Ich möchte nicht, dass es noch einen Mord gibt. Wir haben ziemlichen Zeitdruck und wir kommen nicht weiter. Ich habe das Gefühl, wir übersehen etwas", erklärt er Clint, der stumm nickt. Ja, das Gefühl hat er auch. Sie kommen nicht weiter und das macht ihn irre. Er hasst es.

„Es sind nur Männer, nur Studenten", überlegt er laut. „Und ein Mann ist höchstwahrscheinlich der Täter. Es gibt keine Spuren auf sexuellen Missbrauch und er greift seine Opfer in Kneipen oder Clubs ab."

„Und er ist Sadist", fügt Arlo hinzu. „Er braucht einen Ort, wo er ungestört ist."

„Das könnte überall sein. Ein isolierter Keller würde reichen."

„Und vielleicht fährt er einen Ford Fiesta."

Clint seufzt. So viele Hinweise sind schwammig und nicht sicher. Damit können sie nicht gut arbeiten. Arlo lehnt sich an seinen Schreibtisch und verschränkt die Arme vor der Brust. *Was übersehen sie?*

„Detectives?"

Sie drehen sich um. „Hi Jennet", sagt Arlo freundlich und lächelt kurz. „Was gibt's?"

„Wir sind mit dem Tatort fertig. Die letzten Ergebnisse", sagt sie und gibt Arlo einen USB-Stick.

„Dafür musstest du doch nicht extra herkommen. Sonst machen wir das doch auch übers Intranet?", fragt Arlo überrascht. Sie zuckt mit den Schultern.

„Ich weiß, aber ich habe gehört, einer eurer Rookies hat Muffins gebacken.", sagt sie und geht gut gelaunt zur Küche.

„Sie ist von der Forensik, oder?", fragt Clint und denkt sich, dass Arlo ihn ruhig mal hätte vorstellen können.

„Ja. Sie ist echt gut in ihrem Job", nickt Arlo und öffnet die Dokumente auf dem Stick.

„Sie habe die Fußspuren untersucht", fängt er an. „Man kann zwar das Muster nicht erkennen, aber es waren Spuren darin. Sand und Dreck."

„Sand und Dreck in einem Park. Wow."

„Warte doch mal eine Sekunde. Es waren auch zwei Samen und Reste der Frucht von einer Pflanze dabei. Die wächst in London nicht oft, aber unter anderem wächst sie auf einem Friedhof, nicht weit von den Parks entfernt." Arlo markiert den Friedhof, der in Frage kommt. „Ich wette, der Kerl lebt nicht weit von hier."

„Er achtet so penibel darauf, dass er keine Spuren an den Opfern hinterlässt, aber seine Schuhsohlen vergisst er?", fragt Clint verwundert.

„Offenbar. Die gleichen Pflanzensamen wurden auch bei Allen James gefunden. In keinem der beiden Parks wächst die Pflanze. Er trägt die gleichen Schuhe, wenn er die Leichen wegbringt."

„Wir müssen zu diesem Friedhof. Wir können schlecht den Boden aller Kneipen nach diesen Samen absuchen, um herauszufinden, in welchen er war", beschließt Arlo und nimmt sich seine Sachen. Clint folgt ihm zum Auto. Es ist kalt draußen geworden. Der Atem bildet kleine Wölkchen vor ihren Gesichtern und er ist froh, als sie im Wagen sitzen und die Heizung anstellen können. Er hasst die Kälte. Er friert ziemlich schnell. Schnee wäre allerdings schön. Richtiger Schnee. Nicht diese Matsche, die hier ab und zu auf den Straßen liegt. Aber darauf kann er lange warten.

Sie brauchen nicht lange zu dem Friedhof. Von Weitem sehen sie schon den Turm der Kapelle und die nackten Baumkronen. Arlo verzieht den Mund. Friedhöfe sind seltsam. Das denkt er schon, seitdem er ein Kind war. Er ist dort nur sehr ungerne und schon gar nicht allein. Und das, obwohl er Detective ist und eine Waffe trägt. Rational weiß er natürlich, dass dieses Gefühl unbegründet ist. Was soll ihm passieren? Er wird wohl kaum von Krähen oder Eichhörnchen angegriffen. Trotzdem sträubt sich sein Körper ein Stück weit, auf den Friedhof zu gehen. Er strafft die Schultern und parkt am Straßenrand. Clint sieht ihn verwundert an. „Wieso fährst du nicht bis zum Eingang?", will er wissen.

„Hier können wir auch rein", antwortet Arlo und deutet auf das sehr viel kleinere Tor ein paar Meter weiter.

„Was für eine Pflanze suchen wir genau?"

„Eiben. Das sind Nadelbäume mit roten, kleinen Früchten." Er zeigt ihm ein Bild.

„Ah ja", sagt Clint und Arlo liest weiter vor. Er hat einen Lexikonartikel geöffnet. „Die Eibe gilt als Baum des Todes."

„Wie passend", murmelt Clint.

„Sie gilt aber auch als Symbol der Unsterblichkeit und Widergeburt. Das kommt vor allem, weil diese Bäume schon sehr lange hauptsächlich auf Friedhöfen zu finden sind. Bei beiden Tatorten waren Spuren davon. Der Täter war bestimmt zwischen den Morden hier."

„Oder bevor er die Leiche wegbringt", meint Clint und spricht weiter. „Was ist, wenn er herkommt, direkt bevor er die Leiche wegbringt?"

„Du meinst, er lädt die Leiche in den Wagen, fährt erst her und legt sie dann in einem anderen Park ab", meint Arlo und sieht sich um.

„Er erzählt es hier jemandem. Er kann mit niemandem, der lebt, darüber sprechen, dass er ein Sadist ist. Nur mit jemandem, der schon tot ist", denkt Clint nach.

„Meinst du?"

„Wieso sollte er sonst hier sein? Er könnte die Leichen hier gut loswerden. Wieso tut er es nicht, sondern macht diesen Umweg?"

„Hier ist liegt jemand."

„Und dieser jemand ist besonders. Es soll sonst niemand dorthin."

„Sein erster Mord?", fragt Arlo, aber Clint zögert. Das könnte schon sein, aber er denkt an etwas anderes. „Vielleicht. Oder jemand, der ihm nahe stand."

Sie laufen weiter und sehen sich um. Hier sind tausende Gräber. Eins zu finden, ohne einen konkreteren Anhaltspunkt als eine Eibe zu haben, ist quasi unmöglich.

„Dort vorne. Das ist eine Eibe, oder?", bemerkt Clint und geht vor. Arlo nickt und geht ihm hinterher. Sie ist groß, bestimmt zwanzig Meter hoch. Rote Früchte liegen am Boden. Viele von ihnen sind schon plattgetreten, wodurch die Kerne freiliegen. Er nimmt einen der Kerne in die Hand. „Das hier wurde bei beiden Leichen gefunden. Die Kerne sind im Profil der Schuhe steckengeblieben und durch den feuchten Boden im Park wieder rausgefallen."

Sie sehen sich um. Nichts hier sieht außergewöhnlich oder besonders aus. Arlo entdeckt ein paar Vögel in den kahlen Bäumen. Ein mulmiges Gefühl macht sich in ihm breit. Er mag es hier nicht. Clint macht einige Fotos von der Umgebung, bevor sie weitergehen.

Auf diesem Friedhof stehen einige Eiben. Viele davon stehen an dem großen Weg, der zum Haupteingang führt. Sie können nicht sagen, in welchem Bereich des Friedhofs der Täter sich aufgehalten hat. Arlo hatte die Hoffnung, dass vielleicht ein Grab so dekoriert ist, dass es auffallen könnte. Aber nichts. Was hat er erwartet? Dass ein Grab mit einem schwarz-grünen Seidentuch dekoriert ist? Wohl kaum.

Sie verbringen gut zwei Stunden auf dem Friedhof. Arlo würde am liebsten jeden Moment gehen, aber er reißt sich zusammen. Clint hat kein Problem damit, hier zu sein und er will sich vor ihm garantiert nicht diese Blöße geben. Sie verlassen den Friedhof durch den Seiteneingang.

„Stopp, warte!" Clint hält einen Arm vor seine Brust und hindert ihn daran, weiterzugehen.

„Was?"

„Pscht!"

Arlo folgt Clints Blick. Ein Ford Fiesta. Das könnte auch Zufall sein, oder? Bestimmt ist es Zufall. Oder? Sie warten am Eingang. Wie gut, dass sie keine Uniform tragen. Zwei Minuten, drei Minuten. Nichts passiert. Sie sehen nicht, ob jemand im Wagen sitzt. Clint hat ein Foto gemacht, sodass sie das Nummernschild haben.

Dann fährt der Wagen weg. Die ganze Zeit saß jemand hinterm Steuern. Verdammt. Sie sehen dem Wagen hinterher und erst, als er weg ist, setzen sie sich selbst in den Dienstwagen.

„Wir könnten Streifen nahe der Eingänge des Friedhofs platzieren. Nicht in Streifenwagen natürlich, in normalen Autos", schlägt Arlo vor. „Vor dem nächsten Mord, falls wir den Täter bis dahin nicht haben."

„Ja. Klingt gut", stimmt Clint zu, hofft aber, dass es nicht so weit kommen wird. Dann gibt er das Nummernschild der Zentrale durch und bittet sie, es zu überprüfen. Er glaubt nicht daran, dass dieser Wagen hier zufällig war. Während Arlo zurück fährt, sieht Clint sich den Ausschnitt des Videos der Überwachungskamera an, den Miller rausgesucht hatte. Das Auto auf dem Video sieht man nicht gut, aber man erkennt, dass es alt und durchaus heruntergekommen ist. Er vergleicht es mit den Fotos, die er gerade gemacht hat. „Es ist dasselbe Auto", sagt er dann und Arlo sieht ihn für einen kurzen Moment überrascht an, als sie vor einer roten Ampel stehen. „Es ist das Auto", wiederholt er und wartet darauf, dass die Zentrale eine Antwort zum Nummernschild hat.

„Das heißt, wir haben ihn um einige Minuten verpasst."

„Verdammte Scheiße!", flucht Clint und schließt kurz die Augen. Das darf doch nicht wahr sein. *Ein paar Minuten.*

Sie fahren zurück zur Wache. Clint scheint frustriert und holt sich einen neuen Tee. Arlo folgt ihm und stellt die Kaffeemaschine an. Dann greift er sich einen der Muffins und geht mit der vollen Tasse zum Schreibtisch zurück. Er nimmt einen Bissen und setzt sich. Clint ist einen Moment später bei ihm und sieht ihn perplex an. Dann reißt er ihm den Muffin aus den Fingern und schnappt sich den Papierkorb. „Ausspucken!"

Irritiert sieht Arlo ihn an, aber Clint streckt ihm den Mülleimer hin. Als Arlo den Kopf schüttelt, wiederholt Clint mit mehr Nachdruck: „Ausspucken, jetzt!"

Arlo seufzt und macht es. „Gönnst du mir jetzt nicht einmal den Muffin?", fragt er ihn, als Clint seinen Muffin isst. „Ist das dein Ernst?"

Clint stellt den Mülleimer weg und setzt sich. Er zuckt mit den Schultern und betrachtet den Muffin. „Wenn du gleich noch Luft bekommen möchtest, solltest du ihn nicht essen. Und du solltest eine deiner Tabletten nehmen." Arlo sieht ihn irritiert an. *Was?*

„Es sei denn, du bist nicht mehr gegen Nüsse allergisch. Dann hol dir einen neuen Muffin", sagt Clint trocken.

„Da sind Nüsse drin?"

„Hast du das nicht geschmeckt?"

„Wie denn, wenn ich fast nie Nüsse esse?", will Arlo wissen und nimmt eine Allergietablette.

„Danke", schiebt er hinterher und Clint nickt.

„Du weißt noch, dass ich eine Allergie hab?"

„Offenbar", sagt Clint knapp. In der Academy hatte Arlo das einmal erwähnt, als jemand ihm einen Müsliriegel angeboten hat. Er meinte, sein Hals würde zuschwellen und er würde keine Luft mehr bekommen. Clint hat es sich gemerkt, ohne es zu wollen, aber jetzt gerade sind beide ganz froh, dass Clint es nie vergessen hat.

9. Kapitel

„Das wirst du nicht glauben!"

Arlo sieht verwundert auf. Clint kommt mit einer Nudelbox vom Imbiss zwei Straßen auf ihn zu.

„Du hast es eigenständig geschafft, Mittagessen zu kaufen. Ich bin beeindruckt", antwortet Arlo trocken. Clint verdreht die Augen. „Idiot."

„Soll ich riechen, was du meinst, oder was?"

„Ich sag es dir schon noch." Clint ist schon wieder angepisst von Arlo. „Ich habe doch eine Überprüfung des Nummernschilds in Auftrag gegeben", fängt er an. Arlo nickt. Das hat er vor etwa einer Stunde im Auto gemacht. Clint spricht weiter. „Das dazugehörige Auto wurde als gestohlen gemeldet."

„Es war der Täter", meint Arlo. Clint zuckt mit den Schultern. „Oder es ist ein verrückter Zufall und wir sind vorhin einem Autodieb begegnet, aber das glaube ich nicht. Hör dir das an: Das Auto, zu dem das Nummernschild gehört, ist ein VW Polo. Kein Ford Fiesta."

„Er hat die Nummernschilder ummontiert."

„Genau. Wo der VW ist, weiß keiner und woher der Ford kommt, kann man auch nicht sagen. Der Polo wurde vor vier Monaten erst gestohlen."

Arlo nickt und denkt einen Moment nach. „Was ist, wenn es zu diesem Zeitpunkt einen Trigger gab. Irgendetwas, was die Morde ausgelöst hat."

„Und dann kam über drei Monate nichts?"

„Das wissen wir nicht", widerspricht Arlo. „Wir wissen nicht, ob es andere Straftaten gab, die nicht zum Tod eines Menschen geführt haben."

„Tierquälerei. Darüber hatten wir schon einmal gesprochen."

„Mhm. Allerdings ist das sehr schwierig herauszufinden."

„Ich habe darum gebeten, das Nummernschild auf Verkehrskameras zu suchen. Mal schauen, wann das Programm damit fertig ist. Vielleicht finden wir heraus, wo er wohnt."

Es wäre ja auch zu einfach gewesen, wenn das Nummernschild nicht geklaut und sie direkt gewusst hätten, wem Ford gehört. Clint isst seine gebratenen Nudeln. Arlo hat sich etwas von zuhause mitgebracht. Er hat in seiner Rookie-Zeit schnell gemerkt, dass es teuer wird, sich ständig mittags auswärts etwas zu holen. Und es geht schneller, er kocht schließlich sowieso. Er hat sich frische Wraps gemacht. Clint betrachtet sein Essen skeptisch.

„Was ist?"

„Wird man davon satt?"

„Ja."

„Mhm."

„Wieso interessiert dich das?"

„Ich koche nicht so viel. Ist doch auch egal, oder?"

„Du weißt nicht, wie man so etwas macht", versteht Arlo amüsiert. Clint kann keine Wraps machen? Wie hat er bisher überlebt, ohne zu verhungern? Es gibt online dutzende Rezepte für Wraps, sehr einfache bestimmt auch. Und das bekommt er nicht hin?

Clint antwortet ihm nicht und isst weiter aus seiner Nudelbox. Mit einer Gabel wohlgemerkt. Arlo schmunzelt. Er hätte sich denken können, dass

Clint ein Grobmotoriker ist. Es hätte ihn auch gewundert, wenn es anders wäre.

Sie sitzen stumm an ihren Tischen, bis sie aufge-
gessen haben. Es ist die einzige Pause, die sie sich
heute gönnen werden. Gleich geht es zurück an die
Arbeit. Und dann geht es in die anderen Kneipen.
Arlo sieht Clint an. Ihm steht auf der Stirn geschrieben, dass er absolut keine Lust hat, heute Abend
wieder rauszugehen. Arlo zögert. Dann spricht er
ihn an. „Was hältst du davon, wenn ich heute
Abend mit Miller fahre?"

„Dem Rookie?"

„Ja."

„Wieso solltest du das tun?"

„Weil du nicht willst und ich keine Lust habe, dass
es wieder so eskaliert wie gestern. Das ist nicht hilfreich."

„Das war nicht meine Schuld."

„Es darf nicht noch einmal passieren", sagt Arlo
mit klarer, fester Stimme. „Außerdem ist es für Miller eine gute Chance zu lernen und wir wissen beide,
dass du nicht mitgehen willst."

„Wer hat das behauptet? Es ist mein Job, ich
werde schon mitgehen."

„Man sieht es dir an."

„Weil du mich ja so gut kennst", feuert Clint zurück und wird wütend. „Ich bin genauso Detective, wie du. Nur weil du mich nicht dabei haben willst, musst du nicht irgendeine dumme Ausrede erfinden, damit ich mich verpisse. Ich werde mitgehen. Tut mir wirklich leid, dass du dann heute Abend niemanden aufreißen kannst. Miller würde mit Sicherheit nichts sagen, aber das heißt nicht, dass es dann in Ordnung ist", regt Clint sich auf. Arlo ist doch vollkommen durchgeknallt. Er soll sich außerhalb der Arbeitszeiten jemanden suchen, wenn er es so nötig hat. Da ist es Clint auch egal, ob er die Detective-Karte zieht und mit seinem Job angibt.

„Sag mal, geht's noch? Ich habe das vorgeschlagen, um Miller etwas beizubringen. Nicht damit ich heute Nacht Sex habe."

Clint glaubt ihm nicht. Arlo schüttelt leicht den Kopf. Das gibt's doch nicht. Jedes Mal, wenn er denkt, Clint könnte nicht noch dümmer werden, setzt dieser Kerl noch einen obendrauf. Hört der sich eigentlich selbst beim Reden zu? So oft, wie unsinniges Gefasel seinen Mund verlässt, glaubt Arlo fast, dass Clint diese Fähigkeit nicht besitzt.

„Ich werde mitkommen und ich hoffe für dich, dass du es heute schaffst, dich auf deinen Job zu konzentrieren. Immerhin hast du schon ein neues Betthäschen, richtig?"

Arlo verdreht die Augen und antwortet daraufhin nicht. Er wird ihm garantiert nicht sagen, dass Jack sich noch nicht bei ihm gemeldet hat. Diese Genugtuung wird er Clint nicht geben. Abgesehen davon ist es nicht einmal 24 Stunden her, seitdem sie sich kennengelernt haben. Er wird sich schon noch melden. *Wäre schade wenn nicht.*

Clint ist wahnsinnig schlecht gelaunt. Noch mehr als sonst. Arlo würde ihm am liebsten sagen, dass er einfach verschwinden soll. Aber er ist leider nicht sein Chef und kann ihm deswegen nicht sagen, dass er doch bitte Feierabend machen und ihn in Ruhe lassen soll. Nein, stattdessen muss er sich mit einem Kerl rumschlagen, der einen Gesichtsausdruck aufgelegt hat, bei dem man meinen könnte, er hätte noch nie etwas Positives erlebt. Arlo weiß, dass das nicht stimmt. Clint ist einfach nur schlecht gelaunt und lässt es die ganze Welt sehen. Das tut er auch, wenn er gut gelaunt ist, allerdings geht er auch damit jedem auf die Nerven. Es ist ganz egal, welche Laune er gerade hat. Arlo sieht ihn kurz an, bevor sie die nächste Kneipe betreten. Er ist auch frustriert, dass sie bisher nicht weitergekommen sind, aber er ist der Meinung, dass die Leute eher mit ihnen sprechen, wenn sie freundlich zu ihnen sind. Wenn er Clint das jetzt sagt, springt er ihm bestimmt an den Hals. Also lässt er das lieber sein. Sie gehen direkt an die Bar.

„Was kann ich Ihnen bringen?", fragt ein junger Mann freundlich und legt zwei Bierdeckel vor ihnen ab.

„Gar nichts", antwortet Clint schroff und Arlo greift sofort ein. „Guten Abend. Haben Sie in letzter Zeit diesen Mann hier gesehen? Er hat sich wahrscheinlich mit einem anderen Kerl unterhalten und spät abends das Lokal mit ihm verlassen. Er müsste ziemlich betrunken gewesen sein." Arlo legt Joshs Foto auf den Tresen. Der Barkeeper sieht sie kurz verwundert an, aber da hat Clint schon seine Marke gezückt. Daraufhin schaut der Barkeeper sich das Foto an. „Mhm, kann schon sein. Hier gehen ziemlich viele Leute ein und aus. Ich merke mir nicht alle Gesichter."

„Das ist verständlich. Es wäre allerdings sehr hilfreich zu wissen, ob er hier war", antwortet Clint ihm. Einen Moment überlegt der Barkeeper. „Kann sein, dass er hier war. Ich weiß allerdings nicht mehr, ob es ein Freitag oder ein Samstag war."

„Es war nicht unter der Woche?"

„Ich arbeite nur freitags und samstags hier", antwortet er Arlo. „Ich meine, er kommt mir bekannt vor, aber wann genau ich ihn gesehen habe, weiß ich nicht mehr."

„Was ist mit ihm?", fragt Clint unfreundlich und legt Allens Foto neben das von Josh.

Der Mann hinter der Theke schüttelt den Kopf. „Nein, ich glaube nicht, dass ich ihn hier gesehen habe, tut mir leid. Ich könnte aber meine Kollegen holen. Vielleicht haben die ihn gesehen."

„Ja, machen Sie das."

Als der Barkeeper weg ist, stößt Arlo ihn mit dem Ellenbogen in die Seite.

„Was?"

„Du bist ein Griesgram. Hör auf damit."

„Bin ich gar nicht."

„Wohl", widerspricht Arlo leise. Die Leute hier müssen nicht mitbekommen, dass sich ausgerechnet die beiden Polizisten streiten. Das gibt kein gutes Bild ab. Clint weiß das auch und widerspricht deswegen nur in Gedanken. Er ist nicht schlecht gelaunt, er ist nur müde. Das wird Arlo ja wohl verstehen können.

Keiner hier hat Allen gesehen. Und Josh war *vielleicht* hier. Sie müssen weiter. Je mehr Lokale sie abklappern, desto schlechter wird Clints Stimmung. Arlo spricht die meiste Zeit, während Clint stumm daneben steht. Dann soll Arlo halt mit all diesen Leuten quatschen. Niemand kann mit Sicherheit sagen, ob Josh oder Allen gesehen wurden. Eine Kellnerin glaubt, Josh gesehen zu haben, aber sie sagt direkt, sie ist sich nur zu 70 % sicher. Nicht genug, dass sie sich darauf verlassen können.

Es ist halb eins in der Nacht, als sie fertig sind. Arlo lässt sich hinters Steuer fallen und Clint auf dem Beifahrersitz. „Ich setz dich eben an der Wache ab", sagt Arlo. Clint zuckt mit den Schultern und sieht sich um.

„Zu mir nach Hause wäre es schneller."

„Aha?"

Clint schweigt und sieht aus dem Fenster.

„Soll ich jetzt raten, wo du wohnst?", will Arlo wissen und startet den Motor. Clint sieht ihn irritiert an. „Willst du mich nach Hause fahren?"

„Wenn es näher ist, ja. Ich will ins Bett", erwidert Arlo und sieht ihn abwartend an. Clint nennt ihm die Adresse. Dann soll Arlo ihn halt dorthin fahren. Er ist nicht böse drum, direkt dorthin gefahren zu werden. Es spart ihm locker eine halbe Stunde und er ist müde. Stumm sitzen sie nebeneinander. Kurz denkt Arlo, Clint ist eingeschlafen, aber dieser schaut nur aus dem Fenster. Er sieht nachdenklich aus und für einen Moment, möchte Arlo wissen, was ihm durch den Kopf geht. Dann erinnert er sich daran, dass es bestimmt nur Mist ist und er es gar nicht wissen will.

Bei Clint angekommen, steigt dieser wortlos aus. Kann er nicht einmal *tschüss* oder *bis morgen* sagen? Arlo sieht zu, wie Clint den Schlüssel herauskramt. Oder es versucht. Skeptisch beobachtet er Clint. Dieser findet offenbar seinen Schlüssel nicht.

„Scheiße", flucht Clint und durchwühlt noch einmal seine Sachen. Das darf nicht wahr sein. Er hat nicht wirklich seinen Schlüssel verloren. Er hatte ihn doch heute Morgen noch! Er hatte ihn auf den

Schreibtisch gelegt und… „Fuck!" Er muss nicht wirklich zurück zur Wache, oder? *Doch, muss er.* Er dreht sich um und möchte loslaufen, als er abrupt stehen bleibt. Arlo ist noch hier. Wieso ist er noch nicht gefahren? Fragend sieht er ihn an. Arlo lässt das Fenster herunter.

„Was machst du noch hier?"

„Wieso gehst du nicht rein?"

„Ich habe zuerst gefragt", antwortet Clint trotzig und verschränkt die Arme vor der Brust.

„Es sah aus, als hättest du deinen Schlüssel verloren."

„Vergessen", korrigiert er ihn. „Er ist auf der Wache."

„Da liegt er gut."

„Halt die Klappe."

„Los, steig ein."

Irritiert sieht Clint ihn an. Einsteigen? Er zögert einen Moment. Dann öffnet er die Tür und setzt sich wieder in den Wagen. Wenn Arlo ihn zur Wache fahren will, wird er bestimmt nicht ablehnen. Hauptsache, er kann gleich endlich schlafen.

Wieso Arlo das macht, weißt er selbst nicht. Er hätte Clint auch einfach stehen lassen können. Das ist nämlich das, was Clint im umgekehrten Fall getan hätte, da ist er sich sicher. *Nein, er muss natürlich wieder hilfsbereit sein.*

„Wo fahren wir hin?" Irritiert sieht Clint sich um. Das hier ist nicht der Weg zur Wache. Sie fahren in die völlig falsche Richtung.

„Zu mir", antwortet Arlo knapp und lenkt in eine kleine Seitenstraße ein. Er parkt ein paar Meter weiter und steigt aus. „Kommst du?"

„Hier wohnst du?", fragt Clint und stellt im gleichen Moment wie Arlo fest, dass sie gar nicht so weit auseinander wohnen. Es sind nur knapp fünf Minuten mit dem Auto. Wieso sind sie sich bisher nie über den Weg gelaufen?

„Ja", sagt Arlo nur und holt seinen Schlüssel raus. Er schließt auf und Clint folgt ihm. Die Wohnung passt zu Arlo. Als er unbeholfen die Tür hinter sich schließt und sich umsieht, muss er feststellen, dass es hier wirklich schön ist.

„Zieh die Schuhe bitte aus", hört er Arlo sagen und kommt der Bitte nach. Vom Flur aus kommt man in ein gemütliches Wohnzimmer. Arlo hört Schallplatten? So hätte er ihn nicht eingeschätzt.

Von dort geht eine Küche ab, deren Tür fehlt. Gibt es einfach keine oder hat er sie ausgebaut?

„Das Bad ist im Flur die erste Tür rechts", sagt Arlo knapp und verschwindet im Schlafzimmer, das ebenfalls vom Wohnzimmer abgeht.

„Aha?" Clint steht wie bestellt und nicht abgeholt im Wohnzimmer. Er sieht sich weiter um.

„Du backst?"

In der Küche stehen einige Cupcakes und das Mehl und der Zucker sind noch nicht weggeräumt. Der Backkakao steht auch noch auf der Arbeitsplatte.

„Ja."

„Ich hätte dich nicht für jemanden gehalten, der gerne backt", antwortet Clint und dreht sich zu Arlo. Dieser steht mit Bettwäsche in den Armen vor dem Sofa. Er lässt sie darauf fallen.

„Was wird das?"

„Du solltest schlafen. Das sollten wir beide."

„Deswegen hast du mich mit hergenommen?"

„Du kannst auch gerne wieder zur Wache laufen und dann zu dir. Oder versuchen, ein Taxi zu kriegen. Es wird noch mindestens eine Stunde dauern, bis du im Bett bist und wir müssen morgen früh weitermachen."

Arlo hat recht. Es würde noch sehr lange dauern. Clint nickt leicht. „Hast du Pizza da? Wir müssen etwas essen."

„Im Gefrierschrank", antwortet Arlo und Clint stellt den Ofen an. Arlo widerspricht nicht. Er hat ebenfalls Hunger. In der Zeit, in der die Pizza aufbackt, springt er unter die Dusche und sucht ein altes T-Shirt für Clint heraus. Er schmeißt es mit aufs Sofa und geht dann in die Küche, wo Clint gerade die Pizza aus dem Ofen holt.

Er isst ein Stück. Clint zögert, bevor er sich auch eins nimmt.

„Du weißt, dass du das nicht hättest tun müssen."

„Dich mit zu mir nehmen?"

„Ich kann dich nicht leiden, du kannst mich nicht leiden. Das war schon immer so."

„Du hättest mich stehengelassen", antwortet Arlo schulterzuckend und Clint spannt sich an. Hätte er das getan? Vielleicht. Es wäre nicht seine Schuld gewesen, wenn Arlo seinen Schlüssel irgendwo liegengelassen hätte. Er ist erwachsen und kann sich um sich selbst kümmern.

„Weiß ich nicht", weicht er aus. Arlo verdreht die Augen. „Hättest du, das wissen wir beide. Ich lasse aber niemanden auf der Straße stehen, wenn gerade ein Mörder herumläuft. Schon gar nicht, nachdem du die Pressekonferenz gehalten hast und der Kerl garantiert weiß, wie du aussiehst. Das war gestern schon unverantwortlich. Wir müssen ja nicht direkt zweimal riskieren, dass du diesem Mann über den Weg läufst."

„Oh." Soweit hatte Clint nicht mehr gedacht. Natürlich ergibt es Sinn, was Arlo sagt. Er ist einfach zu müde. Daran liegt es.

„Danke", bringt er heraus. Arlo nickt knapp und isst weiter. Danach stellt er Clint eine Wasserflasche ans Sofa und sagt: „Ich bin eben im Bad, danach kannst du. Ich habe dir eine Zahlbürste und ein Handtuch hingelegt."

Clint antwortet nicht. Ihn überfordert die Situation. Arlo ist so nett. Wieso das? Arlo ist nie nett. Er geht zurück ins Wohnzimmer und sieht, dass er ihm sogar ein Shirt hingelegt hat. Das müsste er nicht tun, Clint hat nicht danach gefragt. Er hat es trotzdem getan. Was soll das? Clint kann es sich nicht erklären. Er weiß, dass sich so ein guter

Gastgeber benimmt und er würde es bestimmt auch nicht anders machen, wenn er einen Gast hätte. Aber Arlo? Für ihn? Das ist seltsam. Er sieht auf sein Handy, als Arlo in einem hellblauen Pyjama an ihm vorbei ins Schlafzimmer geht.

„Gute Nacht."

Er sieht auf. „Gute Nacht, Arlo", bringt er heraus und seine Stimme ist peinlich dünn. Verdammt. Er seufzt leise, nimmt sich das Shirt und geht ins Bad. Dieser Tag hat ganz anders geendet, als er dachte. Er zieht sich das Shirt über und riecht sofort Arlo. Wenigstens stinkt es nicht und er benutzt auch kein komisches Waschmittel.

Ein paar Minuten später ist er im Bad fertig und legt er sich auf das (erstaunlich bequeme) Sofa, Sein Körper ist müde, aber sein Kopf ist wieder hellwach. Er starrt an die Decke und geht in Gedanken den Tag durch. Er kann es nicht abstellen. Seine Gedanken kreisen wie so oft um den Fall. Der Mörder ist noch auf freiem Fuß und weiß, wie Clint aussieht. Darüber hat er nicht nachgedacht und es hinterlässt ein seltsam drückendes Gefühl in seiner Brust. Je länger er darüber nachdenkt, desto dankbarer ist er Arlo, dass er ihn einfach mit zu sich genommen hat. Das hätte er nicht tun müssen.

10. KAPITEL

Clint hat erstaunlich gut geschlafen, stellt er fest, als sein Wecker klingelt. Stimmt ja, er ist bei Arlo. Er liegt auf dessen Sofa und streicht sich die Haare aus der Stirn. Und er trägt Arlos T-Shirt, dass immer noch nach ihm riecht. Oder dieser Geruch hat sich einfach in seiner Nase festgesetzt, das kann auch sein. Die Tür zu Arlos Schlafzimmer ist noch geschlossen. Er zögert einen Moment. Ob er wohl schon wach ist? Sie sollten sich gleich auf den Weg zur Wache machen. Bevor er wieder einschläft, steht Clint auf und geht in die Küche. Es ist kühl in Arlos Wohnung, aber er trägt von dem Shirt abgesehen auch nur seine Boxershorts, die man unter dem Shirt von Arlo nicht einmal sieht. Clint ist nicht klein. Arlo ist nur zu groß.

In der Küche stellt Clint die Kaffeemaschine an. Gibt es hier auch Tee? Er hält kurz inne. Es ist alles still. Arlo schläft also noch. Kurzerhand öffnet er

die Schränke. Kein Tee. Kaffee, Milch und Lebens-
mittel. Aber kein Tee. Er seufzt leise und öffnet einen anderen Schrank. Sehr viele Backutensilien.
Was ist das alles? Skeptisch sieht er die ganzen Sachen an.

„Das ist ein Draht, um Böden zu schneiden."

„Was?" Clint dreht sich um und sieht Arlo ertappt
an. Wann hat der Kerl sich hierher geschlichen?
Muss er ihn unbedingt so erschrecken?

„Was suchst du bei den Backsachen?", fragt Arlo,
ohne auf Clints Frage einzugehen.

„Tee. Oder hast du nur Kaffee?", möchte er wissen. Arlo stellt den Wasserkocher an und holt zwei
Tassen raus. „Im nächsten Schrank wärst du fündig
geworden. Aber ich habe nur grünen Tee hier, keinen Earl Grey."

„Du weißt, welchen Tee ich trinke?"

„Wer von der Academy weiß das nicht? Jeder hat
mitbekommen, wie schlecht gelaunt du warst, wenn
du morgens keinen Earl Grey getrunken hast", antwortet Arlo ihm und nimmt sich von dem Kaffee,
der gerade fertig geworden ist. „Danke."

Clint steht dumm da und sieht zu, wie Arlo ihm
Tee kocht. Er hat ihm Kaffee gemacht, also sollte

das keine große Sache sein, oder? Dass er ihm Tee macht. Es fühlt sich allerdings so an. Genau wie die Tatsache, dass er hier immer noch halb nackt steht, während Arlo schon angezogen ist – und es ihm die ersten Minuten nicht einmal aufgefallen ist.

„Frühstück?", fragt Arlo ihn und öffnet den Kühlschrank.

„Haben wir dafür noch Zeit?", fragt Clint und sieht auf die Uhr.

„Ich mache Frühstück, du gehst duschen. Frische Unterwäsche und Socken habe ich dir hingelegt. Die kriege ich wieder, gewaschen."

Clint nickt knapp und verschwindet in Richtung Badezimmer. Er widerspricht Arlo bestimmt nicht, wenn er gerade bei ihm in der Wohnung ist.

Arlo beschließt, in der Zeit Omelette zu machen. Das geht schnell und er hat alles da. Er ist ein guter Gastgeber, das hat seine Mutter ihm beigebracht. Er würde Clint nicht ohne Frühstück aus dem Haus gehen lassen.

Er verteilt das Essen gerade auf zwei Tellern, als Clint angezogen und mit noch feuchten Haaren wiederkommt.

„Das riecht gut. Hast du das gerade gemacht?"

„Ja", sagt Arlo knappt und reicht ihm einen Teller. Den Tisch hat er nicht gedeckt, aber das scheint Clint nicht zu stören. Sie stehen einander gegenüber und essen schweigend. Erst, als die Teller leer sind, ergreift Clint das Wort: „Wir werden hierüber nicht auf der Wache reden."

„Okay. Einverstanden", stimmt Arlo zu. Die Wache ist mindestens genauso schlimm wie die Mittelstufe. Er hat ebenso wenig Lust auf Tratsch wie Clint.

„Ich habe mir vorhin Gedanken gemacht", meint Clint, als sie im Auto sitzen.

„Aha?"

„Wir müssen uns die Kneipen noch einmal ansehen."

„Soll ich direkt dorthin fahren?"

„Nein, es reicht, wenn wir auf der Wache sind und uns die Notizen anschauen", antwortet Clint. Der Gedanke ist im gekommen, als er unter der Dusche war. Seine Gedanken waren schnell und wirr, aber diesen einen konnte er zum Glück greifen. Er ist sich nicht zu hundert Prozent sicher, deswegen will er erst sicher gehen, bevor er Arlo davon erzählt.

Arlo parkt und sie gehen durch die Tür der Wache. Clint geht direkt auf die Tafel zu und nimmt sich einen Stift.

„Das sind alle Lokale, in denen wir waren. Hier wurde Mister Smith von Miller gerettet. Hier wurde vielleicht Josh gesehen und dort Allen", sagt Clint und kreist die Kneipen ein. „Das sind alles Studentenkneipen. Was ist, wenn der Täter sich überhaupt nicht auf eine Kneipe festgelegt hat, sondern die Läden wechselt? Er kehrt nie zu der gleichen Kneipe zurück, aber er geht nur in Studentenkneipen. Damit können wir die alle wegstreichen." Clint nimmt eine andere Farbe und markiert die Lokale, die nicht hauptsächlich von Studenten besucht werden. „Er kehrt nicht zurück, um nicht erkannt zu werden. Es könnte den Angestellten auffallen, wenn er alle paar Tage einen anderen Kerl mitnimmt. Und es würde auffallen, wenn all diese Leute zu Mordopfern werden."

„Das bedeutet, viele Kneipen bleiben nicht mehr übrig."

„Dann könnte er es auf ganz London ausweiten. Immer weiter von der ersten Kneipe entfernt", überlegt Clint laut. „Irgendetwas ist besonders an East London."

„Er könnte hier aufgewachsen sein."

„Oder hier ist etwas passiert, dass ihn getriggert hat."

„Der Friedhof", wirft Arlo ein. „Wenn hier jemand beerdigt ist, möchte er vielleicht nicht zu weit weg von dieser Person sein. Er könnte hier in der Gegend wohnen."

Es ist nur eine Vermutung, aber sein Bauchgefühl ist eindeutig. Das ist natürlich kein fester Beweis, aber für ihn Grund genug, weiter in diese Richtung zu ermitteln.

„Lass uns in den Kneipen Bescheid geben. Wenn jemand dort auftaucht, der zu unserer Beschreibung passt, sollen sie uns anrufen. Vielleicht haben wir Glück", schlägt Arlo vor und macht sich an die Arbeit, eine Beschreibung auszuarbeiten. Miller wird sie gleich zu den Kneipen fahren.

Danach setzt er sich nochmal an die Fakten des Täters. Sie übersehen etwas. Er überlegt hin und her. Der Trigger fehlt. *Der Friedhof.*

„Wir brauchen alle Beerdigungen der letzten Wochen. Wenn ein Todesfall der Auslöser war und diese Person dort begraben ist, müssen wir die Liste mit den letzten Bestattungen haben. Eine Person darauf ist dem Täter wichtig."

Noch bevor Clint antworten kann, ruft Arlo bereits die Friedhofsverwaltung an. Sie brauchen alle Infos, die er kriegen kann.

„Und du glaubst, das bringt was?"

„Es ist ein Versuch wert", erwidert er und spricht mit der Verwaltung. Es dauert ein wenig, aber schließlich kommt die E-Mail mit der Liste an. Es sind nicht allzu viele Personen, die dort kürzlich beerdigt wurden, aber so viele, dass er die Hälfte der Liste Clint rüberreicht. Allein ist er zu lange damit beschäftigt.

„Nach was suchen wir?", will dieser wissen und lässt seinen Blick über die Namen schweifen.

„Das weißt du, wenn du es siehst."

„Hilfreich."

„Niemand hat je behauptet, unsere Arbeit wäre leicht", entgegnet Arlo und für einen kurzen Moment glaubt er, Clint daraufhin schmunzeln zu sehen. *Bestimmt war das nur eine optische Täuschung.*

Es ist wie die Suche nach der Nadel im Heuhaufen. Nur, dass man nicht weiß, wie die Nadel aussieht und dass es eine Nadel ist. Wie sucht man nach etwas, von dem man nicht weiß, was es ist? Clint seufzt leise. Theoretisch müsste er als Detective definitiv die Antwort darauf kennen. Er tut es aber nicht. Seit Stunden schon hängt er vor dem Bildschirm. Er mag Schreibtischarbeit nicht sonderlich, hat er noch nie. Gerade überprüft er die Angehörigen eines verstorbenen Mannes. Er wurde 88 Jahre alt und ist bei sich zuhause verstorben. Alles scheint normal. Seine Frau ist schon einige Jahre vorher verstorben und seine Kinder und Enkelkinder leben sowohl in London als auch in Brighton. Sie führen ein ganz normales Leben, nichts an ihnen ist auffällig. Er macht sich einige Notizen und nimmt sich den nächsten Namen von der Liste. Es ist der Vorletzte. Bevor er allerdings weiterarbeitet, steht er auf und geht in die Küche. Er braucht einen Tee, er wird müde. Während das Wasser kocht, holt er die Milch raus und eine Tasse. Kurz zögert er. Dann kocht er einen Kaffee. Arlo wird es nicht anders als ihm gehen. Und wenn doch, soll er den Kaffee halt wegschütten.

Mit zwei dampfenden Tassen kommt Clint zurück. Wortlos stellt er Arlo eine hin. Dieser sieht verwundert auf.

„Wenn du ihn nicht willst, bring ihn selbst weg", sagt Clint und setzt sich.

„Ich habe doch überhaupt nichts gesagt", erwidert Arlo irritiert. „Aber danke."

„Mhm."

Arlo trinkt einen Schluck. Der Kaffee ist gut. Clint hat sich gemerkt, dass Arlo ein klein wenig Zucker in seinem Kaffee mag. Zumindest schmeckt es so.

„Was sagst du hierzu", fängt er an und lehnt sich nach hinten. Er hat es in dem Moment gefunden, als Clint aufgestanden und gegangen ist. „Vor vier Wochen wurde eine Frau beerdigt. Sie heißt Josefine Morris und war 62 Jahre alt. Ihr Mann ist schon vor einigen Jahren gestorben, wurde aber verbrannt und in seinem Heimatort beigesetzt. Von der Familie lebt nur noch der Sohn. Er ist 25 Jahre alt und lebt in London."

„Und du glaubst, das könnte er sein? Nichts deutet darauf hin", wirft Clint ein.

„Warte, dazu komme ich jetzt", erwidert Arlo und sieht Clint kurz genervt an. Wieso kann er ihn nicht einmal aussprechen lassen?

„Der Vater ist hier das Problem. Es wurde mehrmals die Polizei gerufen, weil die Nachbarn mitbekommen hatten, wie er seinen Sohn und seine Frau geschlagen hat. Er ist damals im hauseigenen Pool ertrunken. Die Mutter und der Sohn sagten beide aus, dass sie versucht haben, ihm zu helfen. Er hatte wohl einen Schlaganfall, als er im Pool war."

„Du glaubst, dass daher das Motiv des Wassers kommt", versteht Clint nun Arlos Gedanke. „Und der Auslöser war der Tod der Mutter."

„Es gibt noch mehr", spricht Arlo weiter. „Laut einigen Nachbarn, mit denen die Polizei nach dem Tod des Vaters gesprochen haben, machte der Sohn nie den Eindruck, als würde er um seinen Vater trauern. Es wurde nicht weiter ermittelt, da die Todesursache offenbar eine Natürliche war. Danach ist die Mutter mit dem Sohn nach London gezogen. Er war damals gerade siebzehn. Nicht einmal eine Traueranzeige gab es."

Clints Gedanken kreisen. „Falls der Sohn den Vater umgebracht hat, wieso hat er all die Jahre niemanden mehr ermordet? Weil die Mutter noch gelebt hat?"

„Vielleicht hat er seinen sadistischen Drang so lange unterdrückt, weil sie noch gelebt hat. Als sie starb, hatte er niemanden mehr und musste sich nicht mehr verstecken."

„Arlo… du sagtest, sie hieß Josefine Morris, richtig?"

„Ja, wieso?"

„Ich frage ihre Krankenakte an. Vielleicht finden wir so etwas heraus. Wie ist der Name des Sohnes?"

„Flynn Morris. Er hat die Schule gerade so bestanden und sich dann in der Uni eingeschrieben. Kurz vor dem Tod der Mutter wurde er rausgeschmissen. Er hat die Klausuren zu oft nicht bestanden. Er war weder ein Musterschüler noch ein Musterstudent. Allerdings ist Flynn bisher immer irgendwie durchgekommen, aber da war es vorbei. Ich rufe die Uni an, ich will mehr über diesen Flynn Morris wissen", beschließt Arlo und klemmt sich hinters Telefon.

Clints Bauchgefühl ist gut. Irgendetwas stimmt bei diesem Flynn Morris nicht.

Es dauert länger, als ihm lieb ist, die Krankenakte der Mutter zu bekommen. Stundenlang telefoniert er rum, bis er sie endlich per Mail bekommt.

Mehrere Verletzungen durch Schläge, über viele Jahre hinweg. Es deutet alles auf häusliche Gewalt hin. Dann irgendwann hört es auf. Zwei Jahre vor dem Tod des Vaters. Da müsste Flynn gerade 15 gewesen sein. Es wäre möglich, dass er sich gewehrt hat, aber hat er seinen Vater umgebracht? Die Autopsie sagt, es war ein Schlaganfall.

„Wir müssen los."

Clint sieht Arlo verwundert an. „Was? Wo fahren wir hin?"

„Die Familie Morris hat außerhalb von London gelebt. Ich möchte dorthin, um zu sehen, wie Flynn aufgewachsen ist. Seine frühere Lehrerin erwartet uns dort."

Clint schnappt sich seine Sachen und folgt Arlo zum Auto.

Es ist Nachmittag und sie treffen die Lehrerin vor der Schule nach Unterrichtsschluss. Um nicht zu viel Aufsehen zu erregen, warten sie im Wagen, bis die meisten Kinder gegangen sind. Erst dann steigen sie aus und sehen sich um. Es ist ein kleiner, süßer Vorort. Die Vorgärten sind bepflanzt und an vielen der Häuser ist winterliche und weihnachtliche Dekoration angebracht. Einige Lichterketten sind auch dabei.

„Miss Mitchell?", fragt Arlo eine Frau um die sechzig, die noch am Eingang steht. Sie sieht zu ihnen. „Ja?"

„Ich bin Detective Parsons, wir haben telefoniert. Das ist mein Kollege Bennet. Vielen Dank, dass sie sich Zeit für uns nehmen."

„Kein Problem. Möchten Sie reinkommen? Ich habe einige alte Arbeiten von Flynn herausgesucht."

„Gerne, danke."

Sie folgen der Lehrerin in ein Klassenzimmer. Bis auf ein paar andere Lehrer ist niemand mehr im Gebäude und keiner von denen beachtet sie..

Miss Mitchell öffnet die Schublade des Pults und reicht ihnen einige Blätter. „Das sind die Zeugnisse von Flynn. Wie sie sehen, wurden sie zunehmend schlechter. Ich weiß noch, dass er ein sehr zurückhaltender Junge war, aber er war nie dumm. Irgendwann hat er in der Schule nicht mehr mitgemacht.

Ich habe das damals ehrlich gesagt auf die Pubertät geschoben. Zwischendurch hatte er hier und da mal einen blauen Fleck oder eine Schramme, aber der Junge hat sich mindestens alle zwei Wochen mit einem der anderen Mitschüler auf dem Schulhof geprügelt. Da bleibt so etwas nicht aus."

„Haben Sie Bilder von ihm? Aus dem Kunstunterricht oder so?", fragt Clint nach.

„Da müssten wir ins Archiv gehen, die habe ich nicht hier."

Sie gehen in den Keller der Schule, in der die Arbeiten der Schüler der letzten Jahre ordentlich sortiert gelagert werden. Relativ schnell findet sie Flynns Jahrgang und zieht einige Bilder heraus.

„Düster, findest du nicht?", Arlo reicht sie an Clint weiter.

„Wie hat Flynn sich sonst so verhalten?", fragt Clint Miss Mitchell. „War er tierlieb und hilfsbereit? Hatte er viele Freunde?"

„Kaum", antwortet sie. „Soweit ich weiß hatte die Familie kein Haustier. Damals gab es aber noch ein Klassenhaustier, einen kleinen Hamster. Inzwischen machen wir so etwas an dieser Schule nicht mehr. Damals war das etwas anderes. An den

Wochenenden hatte immer ein Kind die Verantwortung für den Hamster. Nach knapp zwei Jahren ist er leider gestorben."

„Er war damals nicht zufällig bei Flynn?", will Arlo wissen. Miss Mitchell überlegt einen Moment. „Kann schon sein. Moment, das müsste in einem der Klassenbücher stehen." Sie durchsucht die alten, dunkelgrünen Bücher und zieht schließlich eines heraus. Einen Moment später antwortet sie: „Doch, wieso?"

„Verdammt", sagt Clint leise und Arlo nickt leicht. Das sind zu viele Zufälle.

„Wieso ist das wichtig?", fragt Miss Mitchell irritiert.

„Das ist kann ein Anzeichen für Sadismus sein, den wir bei Flynn vermuten", erklärt Arlo. Ihre Augen werden groß. „Was? Flynn soll ein Sadist sein? Nein, das glaube ich nicht. Dass hätten wir Lehrer doch gemerkt. Und die Eltern erst!"

„Sadisten bemerken früh, dass ihre Neigungen nicht zu der Gesellschaft passen, in der sie leben. Einige lernen, sie nahezu perfekt zu verstecken und ihren Trieben nur nachzukommen, wenn niemand hinsieht. Die Sadisten, die zu Mördern wurden, haben in den meisten Fällen vorher Tiere getötet."

„Oh Gott."

„Das bedeutet nicht, dass Flynn ein Sadist ist. Es ist erst einmal nur eine Vermutung. Es könnte natürlich auch sein, dass der Hamster nur zufällig bei ihm gestorben ist", beruhigt Clint sie. Arlo nickt zustimmend. „Rufen Sie uns bitte an, falls Ihnen noch etwas einfallen sollte. Meine Nummer haben sie ja."

Miss Mitchell nickt. „Natürlich, mache ich."

„Und bitte reden Sie mit niemandem darüber. Wir möchten verhindern, dass sich Gerüchte verbreiten."

„Natürlich, kein Problem."

11. KAPITEL

Im Wagen sehen Arlo und Clint sich ein Foto an, dass sie gerade noch von Miss Mitchell bekommen haben. Es ist eins dieser typischen Kinderfotos, die einmal im Jahr in den Schulen gemacht werden. Der Junge darauf lächelt gezwungen. Er hat eine Schramme am Kinn, die aber schon so gut wie verheilt ist. Die könnte sonst woher kommen.

„Sie könnte recht haben", meint Arlo plötzlich.

„Du glaubst, dass das alles nur Zufälle sind? Der tote Hamster, der Pool, die Uni?"

„Was ist, wenn wir der falschen Spur folgen?"

„Es ist die beste Spur, die wir seit Beginn der Ermittlungen haben", widerspricht Clint. „Wir werden hier garantiert nicht aufhören. Es spricht so viel dafür, dass er es ist."

Arlo nickt leicht. Er weiß, dass Clint recht hat. Aber wenn er dieses Foto des Jungen sieht, fällt es ihm schwer, sich vorzustellen, dass er zu einem brutalen Sadisten geworden ist. Er sieht aus, wie ein ganz normaler Junge. Allerdings war jeder Serienmörder der Geschichte irgendwann mal ein Kind.

„Lass uns fahren", beschließt Arlo und startet den Motor. Clint startet das Navi. Verwundert sieht er die Strecke an. „Die Autobahn ist gesperrt. Irgendein Unfall."

„Dann also über Land", beschließt Arlo. Es dauert eine gute Stunde länger, aber das ist nicht weiter schlimm. Sie müssen vorher noch einmal Tanken und Clint bringt von der Kasse eine Tafel Schokolade mit. Natürlich tut er das. Arlo wundert sich nicht einmal. Clint setzt sich wieder und reibt die Hände aneinander.

„Ist dir kalt? Ich kann die Heizung höher stellen."

„Geht schon. Durch den Regen ist es noch kälter geworden."

„Schnee."

„Was?"

„Schau raus. Es schneit. Das hat es vorhin schon", meint Arlo und sieht zu, wie die kleinen, weißen Flocken vom Himmel fallen und auf der weißen Decke liegen bleiben, die sich bereits gebildet hat.

„Sobald wir in London sind, ist da sowieso kein Schnee mehr. In der Stadt bleibt der nicht liegen", antwortet Clint schulterzuckend.

„Sei nicht so pessimistisch."

„Ich bin realistisch."

„Du bist pessimistisch", widerspricht Arlo ihm und fährt von der Tankstelle wieder auf der Straße. Anstatt auf die Autobahn aufzufahren, fährt er weiter gerade aus. Der Ort ist gerade so gelegen, dass man auch anders zurück nach London gelangt.

Clint isst ein Stück Schokolade, während er auf den Laptop schaut. „Ich finde kein aktuelles Bild von Flynn Morris. Das gibt es doch nicht."

„Führerschein?"

„Hat er nicht."

„Ausweis?"

„Ist schon ziemlich alt. Der Ausweis ist außerdem vor einigen Monaten abgelaufen und noch wurde kein Neuer beantragt. Als Adresse ist das Studentenwohnheim gelistet, aber Flynn kann da nicht mehr wohnen, da er nicht mehr studiert."

„Scheiße. Er hat sich extra keinen neuen Ausweis machen lassen."

„Vermutlich", stimmt Clint zu.

„Social Media?"

„Wunschdenken. Die IT versucht andere Spuren von ihm zu finden." Er hat ihnen bereits alle Infos geschickt, die sie bisher haben. Den alten Ausweis eingeschlossen. Sie brauchen schnellstens ein aktuelles Bild und die Adresse von ihm. Flynn Morris kann nicht einfach von der Bildfläche verschwunden sein.

Sie verlassen den Ort und fahren auf die Landstraße. Anstelle der typisch englischen Reihenhäuser stehen hier einzelne, größere Häuser mit großen Gärten am Straßenrand. Sie werden schnell weniger und Felder sind zu sehen. Man sieht nicht mehr viel. Es ist inzwischen stockdunkel draußen. Straßenlaternen gibt es schon bald nicht mehr. Die Letzten stehen kurz hinter der Ausfahrt des Ortes.

Clint sieht nach draußen. So viel Schnee hat er lange nicht mehr gesehen. Vor allem nicht so viel auf einmal. Die Straße selbst sieht man nicht mehr, dafür ist die Schicht zu hoch. Lediglich die Reifenspuren verraten, wo die Spur langführt. Kurz glaubt er, es könnte doch weiße Weihnachten geben, aber dann erinnert er sich daran, dass der Schnee in London garantiert nicht liegenbleiben wird. Sie sind hier auf dem Land, hier ist es etwas vollkommen anderes.

„Pass auf!", ruft Clint plötzlich und Arlo weicht gerade so aus.

„Fuck, was war das?", fragt er mit schnell klopfendem Herzen. Er hat angehalten und atmet tief durch.

„Ein Reh, glaube ich. Oder ein Hirsch oder so."

„Fuck, fast wäre es uns vors Auto gesprungen."

„Wie gut, dass du ausgewichen bist", sagt Clint und sieht nach draußen. „Stehen wir im Acker?"

„Keine Ahnung. Kann sein." Arlo zuckt mit den Schultern. Er hat gerade nicht darauf geachtet, wie sich der Untergrund anfühlt, als er ausgewichen ist und so schnell gebremst wie möglich hat.

„Kannst du fahren?"

„Wieso sollte ich nicht fahren können?"

„Ich frag ja nur", murmelt Clint und isst noch ein Stück Schokolade. Arlo fährt weiter. Zumindest möchte er das. Der Wagen bewegt sich kein Stück. Irritiert sieht Clint ihn an.

„Fuck", murmelt Arlo leise und versucht es noch einmal. Keine Chance. Sie kommen keinen

Zentimeter weiter. Er macht den Motor wieder aus und schnappt sich sein Handy.

„Was machst du?", will Clint wissen, als Arlo aussteigt. Er steigt wieder in den Wagen. „Schauen, wieso wir nicht weiterkommen." Kann Clint sich das nicht denken? Er schließt die Tür und macht die Taschenlampe an. Scheiße. Der Schnee. Es ist so viel Schnee, dass sie feststecken. Als er auf den Acker ausgewichen ist, ist er genau hinein gefahren. Alle vier Reifen sind von Schnee umschlossen. Er kommt weder vorwärts noch rückwärts.

„Was dauert das so lange?", fragt Clint und steigt selbst aus dem Wagen.

„Schnee", antwortet Arlo knapp.

„Schnee, was?"

„Schnee, der uns daran hindert weiterzufahren. Wir stecken fest."

„Hast du es rückwärts versucht?"

„Sehe ich aus, als wäre ich blöd?", entgegnet Arlo.

„Ernst gemeinte Frage?", will Clint wissen und Arlo verdreht die Augen. Er hätte wissen müssen, dass er Clint diese Frage nicht hätte stellen sollen. Natürlich würde Clint *ja* sagen.

Arlo sieht sich um. Hier ist weit und breit nichts. Sie sind bestimmt gute zehn Kilometer vom nächsten Ort entfernt. Zumindest, wenn sie nicht querfeldein gehen wollen.

„Ich erreiche niemanden. Hier ist kein Netz", bemerkt Clint frustriert. Arlo zieht sein Handy aus der Tasche. „Ich auch nicht."

„Fuck."

„Mhm."

Clint steigt wieder ein. Er friert sich hier draußen den Arsch ab. Im Wagen ist es wenigstens warm. Arlo setzt sich einen Moment später ebenfalls wieder. Er stellt den Sitz zurück und macht das Licht im Wagen an.

„Wir sitzen nicht wirklich fest, oder?"

„Ich glaube schon."

„Es ist gerade mal acht Uhr abends. Ich bin nicht scharf darauf, die nächsten Stunden hier zu verbringen, bis zufällig jemand vorbei kommt."

„Glaubst du, ich hätte nichts Besseres zu tun?"

„Wir haben beide etwas Besseres zu tun. Nämlich Flynn Morris suchen. Unsere Kollegen wissen nicht einmal Bescheid, dass er wahrscheinlich der Täter ist", erinnert Clint ihn. Arlo nickt und sieht sich im Wagen um.

„Warte kurz."

„Was soll ich denn sonst tun?", fragt Clint trocken und sieht zu, wie Arlo wieder aussteigt. Er zieht die Tür schnell wieder zu. Er hat keine Lust hier drin zu erfrieren.

Arlo öffnet den Kofferraum. Wie gut, dass er auf fast alles vorbereitet ist. Er nimmt die Sachen heraus und steigt vorne wieder ein.

„Wir haben drei Liter Wasser, das müsste erst einmal reichen. Außerdem haben wir vier Müsliriegel und eine Decke."

„Wieso hast du eine Decke im Wagen?", will Clint verwundert wissen und sieht auf die dicke Wolldecke auf Arlos Schoß.

„Als ich noch ein Rookie war, hatten wir mal einen Einsatz in einem Club. Es war Winter und viele der Leute dort hatten ihre Jacken noch drinnen. Mein Ausbilder hatte eine Decke dabei, die er jungen Frauen mit kurzen Kleidern gegeben hat. Der Club wurde wegen Drogenhandel geräumt. Viele der Gäste hatten keine Ahnung, dass dort vertickt wurde und waren entsprechend überfordert, als wir da aufgetaucht sind", erzählt Arlo. „Seitdem ich selbst Officer geworden bin, habe ich selbst immer etwas zu trinken, Snacks und eine Decke im Kofferraum."

Clint will es nicht zugeben, aber er ist froh darum, dass sie in Arlos Wagen und nicht in seinem sitzen. Er hätte so etwas nicht dabei. Gedanklich schreibt er sich eine Notiz, dass er das ändern muss.

Wortlos hält er Arlo die Packung Schokolade hin. Arlo sieht ihn einen Moment verwundert an. Clint bietet ihm seine Schokolade an? Was ist denn jetzt passiert? Er nimmt sich ein Stück. „Danke."

„Mhm."

Daraufhin sagt Arlo nichts. Er weiß nicht, ob Clint ihm jemals Schokolade angeboten hat. Oder überhaupt irgendjemandem in der Academy. Er kann sich zumindest nicht daran erinnern.

Clint beobachtet ihn. Arlo mag die Schokolade. Auf eine seltsame Art und Weise freut es ihn. Wieso, kann er nicht genau sagen.

Arlo bemerkt, dass Clint ihn ansieht. Dieser sieht ertappt weg, als Arlo seinen Blick zu ihm wendet. Er schmunzelt. Dachte Clint wirklich, er bekommt das nicht mit? Offenbar, denn ein sanfter, rötlicher

Schleier legt sich über seine Wangen. Arlo könnte jetzt natürlich etwas sagen, aber er macht es nicht. Er will den Moment nicht kaputt machen. Clint wird sonst garantiert wieder irgendeinen dummen Spruch raushauen. Wenn sie die ganze Nacht hier verbringen müssen, will er nicht schon wieder mit ihm streiten.

Clint nimmt sich eine Wasserflasche und trinkt einen Schluck. Wieso ist er nervös? *Das ist doch scheiße.* Das ist bestimmt der Situation geschuldet. Das kommt, weil er nicht weiß, wann sie hier weg kommen und niemand weiß, wo sie sind. Auf der Wache wird man denken, sie sind noch unterwegs. Die letzten Tage waren sie immer bis spät nachts auf der Straße.

Die erste halbe Stunde vergeht und sie haben nach wie vor kein Wort miteinander gewechselt. Und sie haben keinen Empfang. Es wird kühl im Auto.

„Können wir die Heizung anschalten?", bittet Clint ihn und reibt die Hände aneinander. Arlo startet den Motor, damit die Heizung anspringt. Immerhin ist der Tank noch voll.

„Du frierst schnell, oder?"

„Meine Durchblutung ist nicht die Beste", antwortet Clint und atmet in seine Hände.

„Gib mal her", sagt Arlo. Clint sieht ihn einen Moment verwundert an. Was, seine Hände? Arlo sieht ihn abwartend an. Was soll's. Er reicht sie Arlo, der sie sofort zwischen seine nimmt. Clint seufzt leise auf. Arlos Hände sind wunderbar warm. Seine Fingerspitzen sind eiskalt und der Rest nur lauwarm.

„Besser?"

„Ein bisschen, danke." Clint lächelt. Er merkt es selbst nicht einmal wirklich. Arlo bekommt es aber mit und erwidert es leicht.

Der Motor läuft zwanzig Minuten, bis Arlo ihn wieder ausstellt. Clint ist jetzt wärmer. Er hat sich so langsam damit abgefunden, dass er die Nacht hier verbringen wird – mit Arlo. Er hätte zwar jetzt gerne einen heißen Tee, aber immerhin gibt es hier Wasser und eine Heizung. Er hofft nur, dass es bald aufhört zu schneien. Der Schnee liegt inzwischen noch höher.

„Kann ich dich mal etwas fragen?", möchte Arlo wissen und bereut es im gleichen Augenblick. Skeptisch sieht Clint ihn an. „Mach doch einfach."

„Okay, vergiss es", winkt Arlo ab und seufzt. Es war sowieso eine dumme Idee.

„Sag doch einfach", fordert Clint. Er kann so etwas gar nicht leiden: erst fragen und dann zurückziehen.

„Wieso kannst du mich nicht leiden?"

„Was?"

„Wir haben uns nie gestritten, nicht wirklich. Von Anfang an konntest du mich nicht leiden."

„Ich konnte dich nicht leiden?"

„Habe ich doch gerade gesagt", antwortet Arlo und beißt sich auf die Zunge. Wenn er eine ehrliche Antwort möchte, sollte er nicht so mit Clint sprechen.

„Ich konnte dich nicht *nicht* leiden. Du hast mich dumm angemacht."

„Wann soll das gewesen sein?", fragt Arlo irritiert.

„Am ersten Tag der Academy. Ich war gerade noch pünktlich und wahnsinnig aufgeregt. Ich bin in den Raum gekommen und habe mich neben dich gesetzt, weißt du noch?"

Arlo nickt leicht. Das war das erste und das einzige Mal, dass sie freiwillig nebeneinander saßen.

„Du wusstest alles. Auf jede einzelne Frage wusstest du die richtige Antwort. Ich habe mich wie ein Idiot gefühlt. Ich wusste zu dem Zeitpunkt nicht einmal, welches Buch ich hätte lesen können, also habe ich dich gefragt, wie du dich vorbereitet hast. Du hast mich gefragt, ob ich die E-Mail etwa nicht gelesen habe."

Es gab damals eine E-Mail, wo unter anderem Literatur zur Vorbereitung stand. Arlo hat so viel wie möglich davon gelesen.

„Ich hätte sie dir weitergeleitet, wenn du sie nicht bekommen hättest", antwortet Arlo ihm. „Aber danach kamen nur noch dumme Sprüche von dir."

„Von mir? Der dumme Spruch kam als erstes ja wohl von dir. Du warst von Tag eins an Mister Superschlau, der es nicht ab konnte, wenn jemand anderes genauso gut war."

„Du warst nicht genauso gut."

„Wie sollte ich es auch?", regt Clint sich auf und schüttelt den Kopf. Er hat immer versucht, so gut zu sein wie Arlo, aber er wusste, er konnte es niemals schaffen.

„Indem du lernst, Clint. Das hast du so gut wie nie getan."

„Und?"

„Wie kann es sein, dass jemand konstant der Zweitbeste ist, ohne dafür zu lernen? Ich habe mir Tag und Nacht den Arsch für all die Prüfungen und Lektionen aufgerissen und du bist da durchspaziert, als wäre das alles nichts."

Verwundert sieht Clint ihn an. „Deswegen hast du mich immer behandelt, als würde ich dich stören? Weil ich nicht gelernt habe?"

„Es ist so unfair. Ich hatte kaum Freizeit, habe fast nie meine Freunde getroffen oder –"

„Bitte was?", unterbricht Clint ihn. „Darum ging es dir? Ist das dein Ernst?" Er fängt an zu lachen. „Scheiße, ich hätte liebend gerne gelernt!"

„Du musstest es ja nie."

„Ich konnte es nie", korrigiert Clint ihn. „Du hast keine Ahnung von mir, oder? Du weißt nicht, dass mein Vater meine Familie sitzengelassen hat, meine Mutter, meine drei kleinen Geschwister und mich. Du weißt nicht, dass ich arbeite seitdem ich 14 war und dass ich neben der Academy die ganze Zeit einen Job hatte, oder? Ich habe jeden Morgen meine Geschwister in die Schule gebracht. Ich habe mit ihnen Hausaufgaben gemacht, anstatt zu lernen, weil meine Mutter wieder mal eine Nachtschicht übernehmen musste, damit sie die Miete zahlen kann. Ich habe mir die ganze Zeit für meine Familie den Arsch aufgerissen und konnte gleichzeitig zur Academy. Ganz ehrlich, Arlo, ich hätte liebend gerne die Zeit gehabt, zwischendurch an einem Schreibtisch zu lernen, anstatt in der Tube oder in einem Bus."

Arlo weiß nicht, was er sagen soll. Hatte er so ein falsches Bild von Clint? Er erkennt, er weiß gar nicht richtig wer er ist. Clint atmet tief ein und wieder aus und trinkt noch einen Schluck Wasser. Die Academy war eine wahnsinnig harte Zeit. Danach wurde es besser. Er ist von zuhause ausgezogen und konnte seine Mutter finanziell unterstützten. Mittlerweile geht nur noch seine kleinste Schwester zur Schule. Die anderen beiden verdienen ihr eigenes Geld. Die schwierige Zeit liegt hinter ihnen und er ist froh, dass er es trotzdem geschafft hat, Officer zu werden. Die Beförderung zum Detective sieht er nach wie vor als Belohnung für all die Anstrengung in den Jahren davor an. Er hat es sich verdient, diese Marke zu tragen.

„Es tut mir leid", bringt Arlo heraus. Er presst die Lippen zusammen und sucht nach den richtigen Worten. Er ist sich nicht sicher, ob es die überhaupt gibt. Hätte er von Clints Situation gewusst, hätte er definitiv anders gehandelt. Vielleicht hätte er ihm seine Lernmaterialien geschickt oder ihn in den Pausen abgefragt. Er hätte ihm auf jeden Fall geholfen.

„Ich wusste das nicht. Ich dachte, dir kommt der Stoff einfach zugeflogen. Du warst immer gut gelaunt und hast nicht gestresst gewirkt. Vielleicht habe ich nur nicht richtig hingeschaut, weil ich neidisch war."

„Dafür gab es keinen Grund. Wirklich nicht."

Sie schweigen. Es ist, als wäre eine Bombe hochgegangen, die sie beide vor Jahren schon scharf gestellt haben. Und sie beide fragen sich, wie dumm sie eigentlich waren, es so weit kommen zu lassen. Hätten sie in der Academy damals einmal vernünftig miteinander gesprochen, wäre es jetzt wahrscheinlich ganz anders. Arlo fragt sich, ob sie wohl Freunde geworden wären. Vielleicht. Zumindest hätten sie gut zusammenarbeiten können. Sie waren die beiden besten des Jahrganges. Das hätte garantiert funktioniert.

„Es tut mir auch leid", sagt Clint schließlich. „Ich hätte einiges anders machen können." Er bietet Arlo ein Stück Schokolade an. Von außen scheint die Geste unbedeutend zu sein, aber sie beide wissen, dass sie das nicht ist. Arlo nimmt es an und lächelt. Clint tut es ihm gleich, diesmal bewusst.

12. KAPITEL

„Immer noch kein Empfang", wechselt Clint das Thema. Hatte er wirklich gedacht, das würde sich ändern? Er sieht auf sein Handy. Keine Nachricht geht durch. Sie haben bereits beide versucht die Wache und ihre Kollegen zu kontaktieren. Ohne Erfolg. Auch einen Abschleppdienst haben sie nicht erreichen können, wobei es sowieso fraglich ist, wie lange es dauern würde, bis jemand hier ist. Sie werden nicht die einzigen sein, die im Schnee steckengeblieben sind.

„Falls dir kalt wird, sag Bescheid, dann stelle ich den Motor noch einmal an."

„Noch ist es okay, danke", antwortet Clint. Er hat die Schuhe ausgezogen und die Beine in den Schneidersitz hochgezogen. Es ist einigermaßen bequem. Arlos Schuhe stehen ebenfalls im Fußraum, aber er hat nur ein Bein angewinkelt. Clint mustert ihn. Wie kann es sein, dass Arlos Frisur immer noch sitzt? Bei ihm selbst sieht man ganz genau, dass der Wind seine Haare vorhin komplett durchgepustet hat. Richtig in Form bekommt er sie nicht mehr.

„Hast du Hunger?", möchte Arlo wissen und verwundert sieht Clint ihn an. „Was willst du machen? Essen bestellen?"

Ihm rutscht der Spruch einfach so heraus und er presst die Lippen zusammen. Arlo schmunzelt, aber nur und schüttelt den Kopf. Er nimmt Clint den Spruch nicht böse, er findet ihn eher amüsant.

„Wir haben vier Müsliriegel", erinnert er ihn.

„Oh, stimmt. Sorry."

„Möchtest du einen?"

„Noch nicht", antwortet Clint. „Wer weiß, wie lange wir hier noch feststecken. Wenn wir wirklich bis morgen früh warten müssen, sollten wir sie aufsparen", überlegt er laut. Man könnte einen heute Nacht und den anderen morgen früh essen. Jetzt gerade hat er noch nicht allzu viel Hunger.

„Okay", stimmt Arlo zu und sieht nach draußen. Seitdem sie hier sind, ist kein anderes Auto an ihnen vorbeigefahren. Die Autobahn ist bestimmt wieder frei. Jemand, der bei diesem Wetter über eine nicht beleuchtete, nicht gestreute Landstraße fährt, ist schön blöd. *So wie sie beide.*

Arlo öffnet die Tür, als er sich die Schuhe wieder angezogen hat.

„Was wird das?", fragt Clint, als kalte Luft von draußen in das Auto strömt. „Mach die wieder zu!"

„Ich schaue, wie es hier aussieht. Man sieht von drinnen nichts", antwortet Arlo und schaltet die Taschenlampe seines Handys an. Es schneit nicht mehr und der Wind hat ein bisschen nachgelassen, aber es ist bitterkalt. Er steigt aus und schlägt die Tür zu.

„Arlo!", ruft Clint wieder und ist drauf und dran, den Wagen zu verlassen. Wieso ist dieser Kerl ausgestiegen? Was soll das? Lässt Arlo ihn jetzt wirklich allein im Auto? Clint hofft nur, dass Arlo jetzt nicht auf die Idee kommt, zu Fuß zurückzugehen. Allerdings liegt seine Jacke noch hier und – Arlo öffnet die hintere Tür. Clint kann seinen Gedanken dadurch nicht mehr weiterverfolgen.

„Was wird das?"

„Vorne ist es unbequem. Ich kann wegen der Pedale meine Beine nicht ausstrecken", antwortet Arlo ihm und schließt die Tür hinter sich. Er nimmt sich seine Jacke von vorne und knüllt sie zusammen, um sie als Kissen zu nutzen. Er lehnt sich an die Tür und als er die Schuhe wieder ausgezogen hat, streckt er die Beine auf der Rückbank aus.

„Besser", sagt er zufrieden und dreht seine Füße ein bisschen. Er sieht zu Clint nach vorne. „Wir können später auch mal wechseln, wenn du möchtest. Dann kannst du ein bisschen schlafen."

„Noch bin ich nicht müde, aber danke", erwidert er und Arlo schließt die Augen.

„Schläfst du jetzt?", will Clint daraufhin wissen.

„Nein, wahrscheinlich nicht, aber ich ruhe mich ein bisschen aus. Der Tag war lang."

„Wir hocken jetzt schon fast 40 Stunden aufeinander", stellt Clint fest.

„Mhm. Schlimm?"

„Ich glaube nicht. Zumindest jetzt nicht mehr", sagt Clint ehrlich. „Vorhin hätte ich noch etwas anderes gesagt", fügt er hinzu und lächelt schief. „Ich finde es irgendwie gut, dass wir darüber gesprochen haben."

„Jetzt ist es anders, oder?"

„Dir ist es auch aufgefallen?"

„Natürlich. Ich bin Detective", antwortet Arlo und schmunzelt. Clint lacht leise. „Stimmt, wie konnte ich das vergessen."

Die Sprüche sind anders als früher. Sie können es beide nicht sein lassen, aber beide merken, dass sie es nicht mehr böse meinen und nicht sagen, um den anderen zu verletzen. Im Gegenteil. Jetzt amüsiert es sie beide. Es hebt die Stimmung definitiv und Clint kann nicht anders, als sich zu fragen, wie es wohl gewesen wäre, wenn sie damals besser miteinander gesprochen hätten.

„Meinst du, wir wären ein gutes Team gewesen? In der Academy meine ich."

„Darüber habe ich auch schon nachgedacht", antwortet Arlo ihm und Clint ist ein bisschen überrascht. Er sieht Arlo durch den Rückspiegel an, den er gerade verstellt hat. „Ernsthaft?"

„Ja. Und ich glaube, wir wären ein gutes Team gewesen, immerhin sind wir das jetzt auch."

„Findest du?"

„Von den Motzereien mal abgesehen", merkt Arlo an und zuckt mit den Schultern. „Aber wir kommen voran. Wenn ich ehrlich bin, wäre ich allein wahrscheinlich noch nicht so weit."

Dass Clint daraufhin lächelt, sieht er nicht. Arlo hat immer noch die Augen geschlossen. Clint hingegen sieht ihn immer noch an. Er wäre nicht böse, wenn Arlo für ein paar Stunden schläft. Sie haben beide die letzten Tage nicht viel geschlafen und jetzt gerade können sie sowieso nichts machen. Arlo lächelt ein bisschen. Es fällt Clint erst nach einem kurzen Moment auf. Es sieht schön aus, wenn Arlo lächelt. Er hat bisher nicht darauf geachtet und es auch nicht oft gesehen. Seine Lippen sind rosa und schön geschwungen, wenn er lächelt. Arlo sieht zufrieden aus, obwohl sie hier feststecken. Clint ist sich sicher, dass sie niemals so miteinander gesprochen hätten, wenn sie nicht hier im Schnee gelandet wären. Womöglich hätten sie es niemals geklärt.

Arlo schläft kein bisschen, aber er genießt die Ruhe. Clint sieht nach draußen. Er hatte gehofft, dass man irgendwann Sterne sieht, aber die Luft ist immer noch nicht klar. Man sieht kaum zwanzig Zentimeter weit. Der Nebel ist zu dicht. Ob es immer noch so dolle schneit? Kurzerhand klettert er über die Mittelkonsole auf den Fahrersitz und startet den Motor. Arlo öffnet die Augen. „Was wird das?"

„Ich probiere was", antwortet Clint und stellt den Sitz vor. Der Motor läuft und die Heizung springt an. Er drückt aufs Gaspedal – aber nichts. Es passiert nichts.

„Scheiße!", flucht er und versucht es mit dem Rückwärtsgang.

„Der Schnee ist zu hoch", sagt Arlo trocken. „Und es schneit übrigens schon wieder. Wir kommen hier heute Nacht nicht weg.

„Ein Versuch war es wert", seufzt Clint gefrustet. Er lässt den Motor noch zehn Minuten laufen und dreht die Heizung auf Anschlag. Es wird mollig warm im Auto. Als der Motor wieder aus ist, klettert er umständlich nach hinten zu Arlo. Dieser zieht die Beine ran und sieht ihn verwundert an. „War vorne zu wenig Platz für dich?", fragt er ihn und Clint realisiert erst da, was er gerade getan hat.

„Äh…"

„Setz dich."

Clint setzt sich Arlo gegenüber auf die Rückbank. Einen Moment sehen sie sich an. Arlo sitzt im Schneidersitz und mustert Clint.

„Gibt es eigentlich jemanden, der nach dir sucht? Jetzt gerade meine ich?"

Clint sieht ihn verwundert an. „Nein, wie kommst du darauf?"

Arlo zuckt mit den Schultern. „Bei mir auch nicht. Meine Familie und meine Freunde wundern sich nicht, wenn ich mich ein paar Tage nicht melde. Sie wissen, wie viel ich gerade zu tun habe."

„Dito. Und ich bin Single, falls du darauf hinaus wolltest."

„Ich auch."

„Ich weiß", sagt Clint knapp und versucht zu ignorieren, dass sein Herz schneller schlägt. Was passiert hier gerade? Wieso fragt Arlo ihn, ob er Single ist? Und wieso wird er deswegen nervös? Seine Gedanken überschlagen sich. Er reibt die Hände aneinander.

„Ist dir wieder kalt?", fragt Arlo und er nickt, obwohl es nicht stimmt. Es ist vielmehr eine Übersprungshandlung. Arlo greift die Decke und reicht sie Clint. „Hier."

„Es ist deine Decke."

„Und?"

Clint schweigt. Er rutscht in die Mitte der Rückbank und breitet sie über ihnen beiden aus. Arlo tut es ihm gleich. „Okay?"

„Ja, sicher. Uhm…" Clint beißt sich auf die Innenseite seiner Wange. Fuck, wieso stottert er? Das ist ganz seltsam gerade. Das sollte so nicht sein. Oder? Nein, sollte er nicht.

Ihre Beine berühren sich. Das macht es für Clint definitiv nicht besser. Nein, er wird nur noch unruhiger. Bewusst hat er keine Ahnung, was er machen soll, aber unterbewusst – das ist etwas anderes. Unterbewusst weiß er ganz genau, was er möchte. Genau deswegen handelt sein Körper, ohne seinem Verstand Bescheid zu sagen. Er rutscht ein bisschen näher. Arlo ist einen kurzen Moment skeptisch. Kann Clint ihm bitte vorher sagen, was er vor hat? Clint denkt gar nicht dran. Seine Gedanken sind so wirr und schnell, dass es ihm vorkommt, als würde er gar nicht mehr denken. Vielleicht ist es blöd, was er gerade tut, aber das kümmert ihn gerade nicht.

Er kniet sich hin und kommt Arlo näher. Sein Herz schlägt ihm bis zum Hals.

„Clint…", sagt Arlo leise und sein Blick fällt auf dessen Lippen. Fuck. „Wir können nicht…" Was können sie nicht? Er weiß es nicht mehr. In dem Moment, als Clint ihn küsst, weiß er gar nichts mehr. Einen kurzen Moment halten sie beide inne.

Clint zieht sich zurück und sieht ihn mit großen Augen an. *Verdammt.* Clint möchte etwas sagen, sich entschuldigen oder so etwas, aber kein einziges Wort verlässt seinen Mund. Was war das gerade? Hat er das gerade wirklich getan? Er blinzelt einmal, dann noch einmal. Es ist still zwischen ihnen und sie sind nur wenige Zentimeter voneinander entfernt.

Arlo legt seine Hand an Clints Nacken und zieht ihn wieder zu sich. Clint seufzt auf und küsst Arlo. Und wie er ihn küsst. Arlo zieht die Decke weg und legt seine freie Hand dann auf Clints Hüfte. Bestimmt aber nicht drängend leitet er ihn näher zu sich heran. Clint schwingt ein Bein über ihn und nun kann Arlo ihn auf seinen Schoß ziehen.

„Arlo…"

„Nicht reden", antwortet er Clint. Er will ihn gerade küssen, so viel küssen. Clint hat absolut nichts dagegen. Seine Finger gleiten in Arlos Haare und ziehen leicht daran. Seine Haare sind so weich, wie macht er das nur? Clint leckt sanft über Arlos Lippe. Die Antwort darauf ist ein Zungenkuss, von dem Clint schwindelig wird. *Holy.* Arlo kann verdammt gut küssen. Clint will mehr, er braucht mehr.

Arlo greift um Clints Hüfte und hält ihn eng bei sich. Er streicht gleichzeitig mit dem Daumen über Clints Wange. Sein Gesicht ist warm und er spürt den Drei-Tage-Bart unter seiner Fingerspitze. Sein Schwanz zuckt. *Fuck.* Wie Clint sich auf ihm bewegt, wie er ihn küsst, macht ihn verrückt. Er bewegt seine Hüfte gegen Clints und presst sich an ihn. Im Auto ist es schlagartig zehn Grad wärmer. Mindestens.

„Okay?", fragt Clint ihn und zupft an seinem Hemd. Er öffnet den Knopf nicht, bis Arlo ihm antwortet.

„Ja. Mach", fordert er und zieht das Hemd aus seiner Hose. Er öffnet die Knöpfe von unten, Clint von oben. Recht schnell schiebt Clint ihm das Hemd der Schultern. Das Shirt, das er drunter trägt, stört Clint massiv. Seine Fingerspitzen tauchen unter den Stoff und Arlo erschaudert. Clint berührt ihn so sanft, dass sich eine leichte Gänsehaut bildet.

Arlos Haut ist warm. Clint spürt die Muskeln unter der Haut und legt seine Handfläche nun ganz auf Arlos Körper. Arlo genießt es, als Clint seine

Hände weiter nach oben gleiten lässt. Dadurch zieht er das Shirt mit nach oben. Kurzerhand greift Arlo den Kragen und zieht es sich über den Kopf. Clint betrachtet ihn. Arlo ist schön. Er hat ein paar Tattoos. Sie überraschen ihn, aber es passt zu Arlo. Er streicht sanft darüber. Zeit haben sie die ganze Nacht. Es gibt keinen Grund, schnell zu machen. Viel lieber, erkundet er in Ruhe Arlos Körper, der ihn machen lässt.

„Ich will mehr", hört Clint sich selbst sagen. Er will das hier. Er will das so sehr, dass es fast weh tut. Arlo setzt sich auf. Clint rutscht von seinem Schoß auf die Rückbank und öffnet seine Hose. Arlo zieht sie ihm von den Beinen. „Ist das okay, oder ist dir zu kalt?", will Arlo wissen, während er die Hose in den Fußraum legt.

„Alles gut", antwortet Clint ehrlich und verzieht nervös seinen Mund. Arlo lächelt ein bisschen. Wer hätte wissen können, dass Clint so süß und so heiß gleichzeitig sein kann? Er zieht Clint das Oberteil aus und lässt seinen Blick über ihn gleiten.

Clint rutscht ein Stück nach hinten. Die Fenster um sie herum sind abgedunkelt. Nur von vorne könnte man sie sehen. Obwohl er sehr sicher ist, dass hier sowieso niemand ist, nimmt er die Decke und legt sie über die beiden Vordersitze, sodass sie nun vollständig abgeschirmt sind.

Clints Selbstbewusstsein kommt wieder, als er auf der Rückbank kniet und Arlo küsst. Arlos Reaktion nach zu urteilen findet er es gut. Anders kann er sich nicht erklären, dass Arlo sich selbst die Hose öffnet und sie auszieht. Umständlich setzt er sich zurück und zieht sie sich von den Beinen. Clint nutzt die Chance, sich zwischen Arlos angewinkelte Beine zu legen. Arlo sieht ihn überrascht an, als Clint plötzlich über ihm ist, aber da wird er schon geküsst. Clint senkt seine Hüfte ab und sie schnappen beide nach Luft, bevor ihre Münder sich wieder finden. Mit einem Arm stützt Clint sich neben Arlos Kopf ab. Mit den Fingern der freien Hand, streicht er über seinen Körper und reizt ihn.

Arlo hält das nicht mehr länger aus. Die Lust sitzt ihm direkt unter der Haut und er glaubt, er wird wahnsinnig. Er schnappt sich Clints Hand und dirigiert sie zu seiner Mitte. „Mach, bitte."

Clint zögert nicht lange, sondern schiebt seine Hand unter den Stoff der schwarzen Shorts. Arlo keucht auf, als Clint ihn umfasst. Sein Daumen gleitet über die feuchte Spitze und er zuckt. Clint küsst seinen Hals. Sein Körper kribbelt und er legt seinen Kopf zur Seite. Clint saugt leicht an seiner Haut.

„Oh!", keucht Arlo auf und Clint lächelt zufrieden. Verdammt, es ist so heiß, ihn hier unter sich zu haben. Arlo genießt es sichtlich.

„Bitte, Clint. Mach", fordert er. Clints Bewegungen werden schneller und gezielter. Arlo lässt sich gehen. Er lässt zu, wie gut es sich anfühlt. Als Clint ihn noch einmal küsst, reißt ihn die Ekstase mit. Er kommt in und über Clints Hand und seinen Bauch. Er stöhnt auf und seine Beine zucken. „Oh, fuck!", flucht er und atmet flach.

Clint lächelt und streicht Arlo die Locken aus der Stirn, ehe er ihn noch einmal küsst. „Alles gut?"

„Ja", antwortet er und atmet tief durch. Er setzt sich ein bisschen auf und greift unter der Decke durch zur Mittelkonsole. Er zieht eine Packung Taschentücher hervor und möchte sich sauber machen. Clint nimmt sie ihm aus der Hand, bevor er sie öffnen kann. Er möchte etwas sagen, aber als Clint damit beginnt, ihn zu säubern, schließt er den

Mund wieder. Die Taschentücher werfen sie zur Seite in den Fußraum.

Arlo kniet sich hin und zieht die Shorts wieder hoch. Dann drückt er Clint nach hinten und zieht ihm seine eigene herunter.

„Du musst nicht… oh, verdammt", flucht er, als Arlo seine Lippen um ihn legt und er seine Zunge spürt. Er greift in Arlos Locken. Er will ihn nicht runterdrücken, aber er muss ihn berühren. Arlo reizt und provoziert ihn. Clint weiß nicht, wie ihm geschieht. Arlo ist so verdammt gut. *Himmel.* Eine Hand liegt an seinem Oberschenkel, mit der anderen stützt er sich ab.

Als Clint spürt, wie Arlo ihn tiefer in den Mund nimmt, keucht er auf. Arlo lächelt. Die Reaktion hat er sich erhofft. Danach kann Clint nichts anderes mehr tun, als Arlos Namen zu stöhnen.

„Du solltest…", beginnt er, als er spürt, dass er kommt, aber er beendet den Satz nicht. Arlo denkt gar nicht dran, sich zurückzuziehen. Er verwöhnt Clint weiter und als er kommt, nimmt er ihn noch tiefer in den Mund. Clints Beine zucken und er schließt die Augen, öffnet sie aber sofort wieder,

um Arlo anzusehen. Den Anblick, der sich ihm bietet, will er nicht verpassen.

13. KAPITEL

„Müsliriegel?", fragt Arlo und hält Clint einen hin. Er selbst hat seinen schon geöffnet.

„Ja. Ich brauche ein bisschen Energie", antwortet Clint unbedacht und Arlo fängt an zu lachen. „So gut?"

„Definitiv", erwidert er und zögert kurz. Arlo hat sich wieder hingelegt. Ein Bein hat er angewinkelt, das andere einigermaßen ausgestreckt, sodass der Fuß im Fußraum ist. Clint sitzt dazwischen. Kurzerhand beschließt er, dass es jetzt auch egal ist, was er macht. Es wird schon nicht komisch werden. Also rutscht er erst ein Stück zurück und legt sich dann auf Arlo, dessen nackter Oberkörper schön warm ist. Danach streckt er sich nach der Decke und legt sie über sie beide. Er hört Arlos Herzschlag in seiner Brust und spürt, wie sein eigener schneller wird. Wer hätte gedacht, dass sie sich einmal so nah sein würden? Er definitiv nicht.

„Gemütlich?", fragt Arlo und streicht ihm durch die Haare. Clint beißt von dem Riegel ab, den er mittlerweile von Arlo bekommen hat und nickt.

„Schon. Es ist schön warm." *Und das, obwohl wir beide nur unsere Shorts tragen,* schießt ihm durch den Kopf. Er spricht es nicht aus.

„Ist es denn okay?", fällt ihm dann ein und er spürt, wie seine Wangen ein bisschen wärmer werden. Hätte er lieber fragen sollen, ob er sich auf ihn legen darf?

„Sonst hätte ich etwas gesagt, keine Sorge", antwortet Arlo ihm schmunzelnd und dreht eine Haarsträhne um seinen Finger. Er mag Clints Haare. Sie sitzen am besten, wenn sie ein bisschen wuschelig sind. Das ist meistens erst nachmittags der Fall, wenn er sie sich so oft aus der Stirn gestrichen hat, dass das Haarspray nicht mehr ganz so gut hält. Oder das Wachs, Arlo ist sich nicht ganz sicher, was er benutzt. Als er weiter Clints Kopfhaut krault, seufzt dieser leise auf.

„Gut?", fragt Arlo ihn und Clint nickt leicht. „Nicht aufhören."

„Schläfst du gerade etwa ein?"

„Niemals. Ich doch nicht. Wir sind im Dienst",
widerspricht er sofort und gähnt im nächsten Moment.

„Du kannst ruhig schlafen."

„Nur eine Stunde."

„Ich wecke dich."

„Tust du nicht."

„Nein, tue ich nicht", bestätigt Arlo und zieht die
Decke ein bisschen höher. Es ist noch angenehm
warm im Auto und unter der Decke sowieso. Arlo
legt seinen Kopf zurück auf seine Jacke und sieht
an die Decke des Autos. Sollte es seltsam sein, so
mit Clint hier zu liegen? Heute Morgen hätte er definitiv mit *ja* und einem großen Ausrufezeichen geantwortet. Jetzt gerade? Er braucht nicht darüber
nachzudenken, er kennt die Antwort schon längst.
Er wusste es in dem Moment, in dem Clint ihn geküsst hat.

Ob Clint wirklich schläft, weiß er nicht genau. Er
atmet ruhig und hat die Augen geschlossen. Er bewegt sich kaum und hat den Mund leicht geöffnet.
Arlo denkt trotzdem nicht, dass er richtig schläft.
Er selbst schließt ebenfalls die Augen, aber seine
Gedanken sind zu laut. Sie schweifen zu dem Fall

zurück. Er geht gedanklich die Tafel in der Wache durch und das Gespräch von heute Nachmittag. Sie brauchen ein Bild. Flynn könnte sonst wie aussehen. Er könnte sich die Haare gefärbt haben und einen Bart tragen und eine Brille. Er wäre nicht wiederzuerkennen. Arlo zieht das Handy aus der Tasche seiner Hose und sieht drauf. Kein Empfang. Nichts. Er seufzt leise und legt es wieder weg.

„Alles okay?", hört er Clint leise fragen.

„Alles gut", antwortet er und streicht wieder durch dessen Haare. Es ist vier Uhr nachts und sie sind immer noch hier. Hoffentlich sind sie morgen um acht oder um neun wieder auf der Wache.

„Arlo?"

„Mhm?"

„Was ist mit diesem Jack?"

Irritiert hält Arlo inne. Wo kommt diese Frage jetzt her?

Clint merkt, dass Arlo sich anspannt und setzt sich auf. Er greift sich sein Shirt und zieht es sich über. Sie müssen gleich die Heizung noch einmal aufdrehen. Arlo sieht zu, wie er sich wieder anzieht.

„Mir ist ein bisschen kalt", schiebt er ein. Er möchte nicht, dass Arlo dadurch jetzt das Gefühl bekommt, er würde etwas bereuen. Das tut er ganz und gar nicht. Dennoch möchte er wissen, was mit Jack ist. Diesem komischen Kerl aus der Bar, der sich einfach so Arlos Nummer geangelt hat.

„Was soll mit ihm sein?"

„Triffst du dich mit ihm? Oder… schreibt ihr nur?" Clint verzieht nervös den Mund. Er mag dieses Thema nicht, aber keine Antwort zu bekommen würde ihn wahnsinnig machen.

„Wir schreiben bisher nur", antwortet Arlo ihm. Das ist gut, oder? Clint ist sich nicht ganz sicher. Er weiß allerdings, dass er Jack nicht leiden kann.

„Okay."

„Okay?"

„Was soll ich sonst dazu sagen? Ich dachte nur, ihr hättet euch schon getroffen?"

„Im Moment? Wohl kaum. Ich meinte zu ihm, dass wir das machen können, wenn der Fall abgeschlossen ist. Er hat Verständnis dafür."

Clint würde am liebsten die Augen verdrehen und einen dummen Spruch bringen, aber er lässt es. Er ist viel zu sehr damit beschäftigt, herauszufinden, was diese Antwort mit seiner Gefühlswelt anstellt. Es ist auf jeden Fall nichts Gutes.

„Ich weiß nicht, ob ich ihn treffen werde."

„Mhm."

„Sonst hätte ich dich nicht geküsst. Das wäre nicht fair gewesen."

„Du hast an ihn gedacht, als wir uns geküsst haben?"

Arlo lacht leise und schüttelt den Kopf. Clint sieht ihn skeptisch und prüfend an.

„Ich habe vorhin darüber nachgedacht. Ich fand Jack attraktiv und charmant, aber das heißt nicht, dass ich mich in ihn verliebt habe. Und ich hätte dich definitiv nicht zurückgeküsst, wenn ich Gefühle für Jack hätte. Das wäre euch beiden gegenüber ziemlich mies gewesen."

„Und du wirst dich mit Jack treffen?"

„Was möchtest du mir sagen?" Arlo provoziert ihn, das wissen beide. Clint schnaubt, aber Arlo wartet geduldig ab, bis er die Stille satt hat und ihm antwortet. Natürlich weiß er ganz genau, dass Arlo das extra macht. So sind sie eben.

„Ich will eigentlich nicht, dass du dich mit Jack triffst. Nicht, nach heute Nacht."

„Du mochtest ihn in der Kneipe schon nicht."

„Und?"

„Und ich glaube, du warst eifersüchtig."

„War ich nicht!"

„Doch", grinst Arlo wissend und Clint verdreht die Augen. Er war überhaupt nicht eifersüchtig. Was ein Bullshit. Wieso sollte er eifersüchtig sein, nur weil Arlo irgendeinem Kerl seine Nummer gibt? Jetzt wäre das vielleicht etwas anderes, aber in der Kneipe vor einigen Tagen? Nein, er war nicht... mhm.

„Sag ich doch."

„Ich habe nichts gesagt!" Clint sieht ihn irritiert an.

„Musst du nicht. Ich kenne dich lange genug."

„Und deshalb weißt du, was ich denke?"

„Was glaubst du, wieso wir uns gegenseitig immer derart provozieren konnten? Du weißt genauso gut, was ich denke, wie andersherum."

Dagegen kann Clint nichts sagen. Er zuckt mit den Schultern und gibt Arlo nur in Gedanken recht. Das muss reichen. Wenn der Kerl wirklich meint, er wüsste, was in seinem Kopf herumschwirrt, dann wird er es ja mitbekommen haben.

Arlo nimmt sich sein Handy. Clint will es nicht zugeben, aber es stört ihn. Arlo hält das Handy so, dass beide den Chat lesen können. Clint ist viel zu neugierig, um den Chat nicht zu lesen. Und er mag es nicht, dass Arlo immer noch mit diesem Kerl schreibt. Keiner spricht es aus, aber sie wissen es beide. Arlo fängt an zu tippen.

> Hi Jack, wie du weißt, habe ich im Moment viel mit dem Fall zu tun. Ich weiß mittlerweile ehrlichgesagt nicht mehr, ob es so eine gute Idee ist, uns danach noch zu treffen. Bei mir hat sich einiges ergeben. Du bist ein netter Kerl, versteh das nicht falsch, aber ich glaube, das mit uns würde nicht funktionieren...

„Stopp!"

Arlo nimmt seine Daumen vom Bildschirm. „Was ist? Soll ich ihm das nicht schreiben?"

„Doch. Nein. Warte, mal kurz", sagt Clint und nimmt Arlo das Handy aus der Hand. Er liest den Chat. „Du hast ihm von dem Fall erzählt?"

„Nur dass ich daran arbeite. Keine Details, ich bin nicht blöd. Außerdem wusste er das seit der Kneipe schon", antwortet Arlo ihm irritiert. Das ist doch für Clint nichts Neues, wieso reagiert er so?

Clint tippt das Profilbild an. Er mustert Jack. Es ist ein normales Foto, nichts Besonderes.

„Ist das in London?", überlegt er laut. Arlo zuckt mit den Schultern. „Kann schon sein, wieso ist das wichtig?"

Clint macht einen Screenshot, sodass er ans Foto heranzoomen kann. Er sieht es genau an.

„Was wird das?", fragt Arlo ihn irritiert.

„Das ist die Uni, oder?"

„Ich glaube schon, wieso?"

Clint zoomt einen Ausschnitt heran. Er zoomt direkt auf Jacks Hals.

„Und jetzt?", will Arlo wissen. Clint kann nicht fassen, dass er das nicht sieht.

„Bemerkst du es nicht? Oder starrst du nur auf seinen Mund?" Er verändert den Ausschnitt, als er die Worte ausspricht. Arlo setzt sich auf und Clint rutscht von ihm herunter. „Was soll der Mist? Wieso sollte ich das tun?"

Clint presst die Lippen zusammen. „Sorry. Das war dämlich."

„War es allerdings."

„Schau mal hier", sagt Clint nun gefasster.

„Das ist ein grüner Schal. Und?", fragt Arlo und sieht Clint abwartend an. Ein bisschen grüner Stoff blitzt unter dem Kragen der Jacke hervor. Das ist nichts Besonderes.

„Was wissen wir über Jack?"

„Dass er studiert offenbar und in der Kneipe war", meint Arlo schulterzuckend. „Und schätzungsweise steht er auf Männer."

„Und wenn nicht?"

„Willst du gerade sagen, dass…"

„Was ist, wenn es so ist?", will Clint wissen und seine Gedanken überschlagen sich. *Scheiße, wenn das stimmt…* Nein, darüber will er gar nicht nachdenken.

„Er hatte ein Bier in der Hand, aber das war noch voll. Er hat nichts getrunken. Und er war allein in dieser Kneipe. Einer Studentenkneipe. Das Bild ist aus dem Sommer, es ist nicht wirklich aktuell. Und er trägt einen dunkelgrünen Schal." Clint verändert noch einmal den Bildausschnitt. „Er hat große Hände, findest du nicht?"

„Ein bisschen, aber das ist kein Beweis", entgegnet Arlo zögerlich. Das hier sind Spekulationen, nichts weiter.

„Er war super charmant. Er ist sonst nicht sonderlich aufgefallen und am liebsten hätte er dir direkt einen Drink ausgegeben."

„Ich bin kein Student, ich passe nicht ins Muster."

„Du bist Polizist und arbeitest an dem Fall."

„Bist du sicher, dass diese Vermutung nicht daher kommt, dass du eifersüchtig bist?"

„Ich kann das eine von dem anderen unterscheiden."

Arlo seufzt. Er bezweifelt in diesem Moment stark, dass Clint das wirklich kann. „Was hältst du davon, wenn ich mich mit ihm treffe?"

„Nein."

„Lass mich aussprechen. Kein Date. Einfach ein Treffen. Ich werde mich mit ihm unterhalten und herausfinden, ob er wirklich ein Sadist ist. Wenn es stimmt und er mit gegenüber etwas Verdächtiges erwähnt, werde ich das mitbekommen."

„Ich halte nichts von der Idee. Das ist dumm. Du kannst dich nicht mit so jemandem treffen", widerspricht Clint.

„Das ist mein Job."

„Nur als Job."

„Versprochen."

„Mhm." Clint ist nach wie vor nicht wirklich begeistert von dieser Idee. In der Theorie weiß er, dass Arlo recht hat, aber der Gedanke, dass er sich mit einem Mörder trifft, lässt seinen Körper erschaudern. „Nur mit Funkübertragung."

„Okay", stimmt Arlo zu und Clint nickt leicht. Dann lächelt er schief und versöhnlich. „Irgendwie hoffe ich, dass ich mich irre und irgendwie wäre es gut, wenn ich es nicht tue. Dann hätten wir endlich den Täter."

„Wir werden sehen, was passiert und…"

Plötzlich klopft es an der Scheibe. Sie beide zucken erschrocken zusammen. „Fuck!", flucht Clint laut. Arlo öffnet das Fenster ein kleines Stück.

„Hallo?"

„Guten Morgen, soll ich Ihnen helfen?" Vor ihnen steht ein Herr, vielleicht um die 50. Er hat eine Taschenlampe in der Hand und man erkennt, dass es nicht mehr schneit. „Ich bin mit meinem Trecker hier. Sie stehen auf meinem Feld. Ich könnte sie rausziehen. Ich gehe davon aus, dass sie feststecken, oder?"

„Ja, allerdings", antwortet Arlo freundlich. „Vielen Dank, wir setzen uns sofort wieder nach vorne."

Arlo macht das Fenster wieder zu und nimmt sich sein Shirt.

„Scheiße, du bist halb nackt", bemerkt Clint. Er hatte da gar nicht mehr dran gedacht.

„Ach was", antwortet Arlo und angelt nach der Hose. Er zieht sich schnell wieder an und Clint klettert nach vorne. Arlo hingegen steigt aus und gibt dem Mann die Hand.

„Vielen Dank. Wir sitzen hier schon seit Stunden fest."

„Es schien, als hätten sie die Zeit gut genutzt", antwortet dieser amüsiert. Arlo zuckt mit den Schultern. „Es kommt nicht oft vor, dass wir Zeit für uns haben. Ich heiße übrigens Arlo."

„William", antwortet der Mann und hievt eine Kette von seinem Trecker. Er befestigt sie an Arlos Dienstwagen und nickt zufrieden. „Setzen sie sich wieder rein. Ich ziehe sie raus."

Es dauert ein paar Minuten, aber schließlich steht das Auto wieder auf der Straße.

„Vielen Dank, William. Wir sind Ihnen was schuldig", bedankt Arlo sich durchs Fenster. „Kein Problem. Kommen Sie gut nach Hause."

„Fahren wir nach Hause?" fragt Clint, als sie vorsichtig die Landstraße Richtung London weiterfahren.

„Wir brauchen Schlaf. Auf jeden Fall. Soll ich dich bei dir absetzen?"

Clint nickt. Er möchte duschen und will in sein Bett. Es reicht hoffentlich, wenn sie um zehn auf der Wache sind. Dann hat er jetzt noch etwa drei Stunden zu schlafen.

„Ich schreibe Jack morgen früh, ob wir uns treffen. Den Rest besprechen wir später, okay?"

14. KAPITEL

„Jack hat geantwortet." Arlo kommt mit einem Kaffee und einem Tee aus der Küche. Es ist kurz nach elf und sie sind seit einer Stunde wieder auf der Wache. „Wir treffen uns heute Abend in einer Kneipe."

„Eine Studentenkneipe?"

„Ja. Eine von denen, wo wir schon waren. Ich werde keinen Alkohol trinken und du wirst ein Stück weiter im Wagen sein. Ich schätze, es wird eine Weile dauern, bis wir heute Feierabend machen können."

„Und wenn schon. Einen gesunden Schlafrhythmus haben wir beide nicht mehr", antwortet Clint ihm und nimmt die Teetasse an. „Danke."

„Wir sollten das Treffen vorbereiten", beschließt Clint und setzt sich an seinen Schreibtisch. Sie wissen genau, was sie machen werden, welche Codewörter sie haben und wie Arlo Clint welche Infos vermittelt. Im Zweifelsfall werden Kollegen angefordert. Quentin ist im Bild, er wird dafür sorgen, dass zwei Streifen nie allzu weit weg sind.

„Noch eine halbe Stunde." Sie sitzen im Wagen ein Stück von der Kneipe entfernt. Arlo sieht aus dem Fenster. Sie haben den kleinen Knopf in seinem Ohr schon getestet. Er weiß, was er tut. Er kann das.

„Was ist, wenn du recht hast? Und was ist, wenn er wirklich nach meiner Waffe greifen wollte?"

„Dann ist es gut, dass ich eifersüchtig war", antwortet Clint und schafft es, Arlo ein bisschen aufzumuntern. Arlo ist nervös, ziemlich.

„Falls etwas sein sollte…"

„Es wird nichts sein", unterbricht Arlo ihn.

„Falls etwas sein sollte, treffen wir uns um Mitternacht wieder in der Wache. Mitternacht, keine Minute später."

„Okay. Aber es wird nichts passieren", versichert Arlo ihm. Clint nickt und lächelt leicht. Dann lehnt er sich rüber und küsst ihn. Auf der Wache konnte er das den ganzen Tag nicht tun. Arlo lächelt ein bisschen und erwidert den Kuss. Clints Küsse beruhigen seinen Verstand und lassen sein Herz fröhlich klopfen.

Er atmet tief durch, als er vor der Kneipe steht. Dann geht er durch die Tür.

„Hey." Jack ist aufgestanden und hebt die Hand. Arlo lächelt und geht auf ihn zu. „Hi, tut mir leid, dass das vorher nicht geklappt hat."

„Kein Problem. Dein Job ist wichtig. Möchtest du etwas trinken?"

„Eine Cola. Ich habe Bereitschaft", antwortet er und Jack nickt. Er deutet dem Kellner, dass sie bestellen wollen. „Seid ihr schon weitergekommen?"

„Mit dem Fall?"

Jack nickt.

„Darf ich dir leider nicht sagen."

„In den Nachrichten kam nichts. Ich schätze mal, der Täter läuft noch frei herum", schlussfolgert er. Arlo mustert ihn. Er hat große Hände, da hat Clint recht.

„Ich kann dazu wirklich nichts sagen."

„Schon klar. Das verstehe ich", lenkt Jack ein und wechselt das Thema.

Clint hört die ganze Zeit mit. Er hasst es, dass Arlo quasi ein Date hat, auch wenn es nicht echt ist. Jack denkt, es ist echt, das ist schlimm genug. Arlo lacht zwischendurch und Clint verdreht die Augen. Das Lachen ist nicht echt, erkennt Jack das nicht? Offenbar nicht, denn sie unterhalten sich locker und entspannt weiter. Nichts von der Unterhaltung deutet darauf hin, dass Jack ein Sadist oder ein Psychopath ist. Auch nicht, wenn man weiß, worauf man achten muss. Arlo fällt auch nichts auf, sonst hätte er Clint schon diskret Bescheid gesagt.

Zwei Stunden später haben sie nichts. Arlo hat bereits die zweite Cola getrunken. Er hat von Jack erfahren, dass er eine Katze hat. So viele Bilder wie er von ihm gezeigt bekommt, liebt er dieses Tier. Es sind viele verschiedene Bilder. Die Katze ist inzwischen fünfzehn, wie Arlo erfährt. Ein Sadist würde sie nie so lange am Leben lassen. Als Jack auf die Toilette geht, lehnt Arlo sich vor. Der grüne Schal liegt unter der Jacke. Billiges Polyester. Arlo seufzt. Die Farbe stimmt auch nicht. Es ist nicht der gleiche Schal. Clint hat sich geirrt.

Als Jack wiederkommt, hat Arlo bereits den Kellner gerufen.

„Möchtest du zahlen?", fragt Jack verwundert.

„Ich muss morgen früh auf der Wache sein und…"

„Schon gut, das hätte ich mir denken können", winkt Jack ab und nimmt seine Jacke, nachdem er gezahlt hat. Arlo steckt sein Portemonnaie weg und sie gehen zum Ausgang. „Schreibst du mir?", fragt er Arlo, der am liebsten direkt verneinen würde.

„Mache ich", antwortet er. *Wird er. Er wird nur nicht das schreiben, was Jack wahrscheinlich denkt.* Kurz fühlt er sich mies, aber dann denkt er an den Mann, der in dem Dienstwagen ein paar dutzend Meter weiter auf ihn wartet.

Jack nickt und verabschiedet sich. Er geht zur U-Bahn. Als Arlo ihn nicht mehr sieht, dreht er sich um und geht zu Clint zurück. Rückschläge sind normal. Das gehört zu ihrer Arbeit. Er geht in Richtung Auto. Aber der Dienstwagen ist weg.

15. KAPITEL

Arlo zuzuhören wäre schöner, wenn er nicht mit diesem Kerl reden würde. Clint dreht sein Handy in seinen Fingern. Wieso bleibt Arlo dort drin, wenn er weiß, dass Jack es nicht ist? Clint wettet, dass Arlo einfach nur nicht unfreundlich sein möchte. Clint sieht nach draußen. Er kann den Eingang der Kneipe sehen. Es passiert nicht viel. Einige Menschen gehen rein, einige andere wieder raus. Sie sind schon fast zwei Stunden hier. Gerade, als er wegschauen möchte, verlässt wieder jemand die Kneipe. Clint sieht genauer hin. Es ist der Barkeeper, mit dem sie vor einigen Tagen gesprochen haben. Hat er schon Feierabend? Clint weiß nicht, woran es liegt, aber es kommt ihm komisch vor. Er betrachtet den Barkeeper ganz genau. Er ist groß und breit gebaut. Nicht auffällig breit, aber durchaus kräftig. Dann versteht er, wieso er dieses Bauchgefühl hat. Der Barkeeper trägt einen grünschwarzen Schal. Clint kann von hier aus nicht sagen, ob er aus Seide ist, aber der Schal sieht ziemlich teuer aus.

Der Kerl zieht seine Autoschlüssel heraus und geht zu einem Wagen. Als er losfährt, stockt Clint. Es ist ein alter Ford Fiesta. Sofort startet er den Wagen und folgt ihm so unauffällig wie möglich.

„Arlo? Hörst du mich?" Keine Antwort. Fuck, er ist zu weit weg. Er kann Arlo nicht Bescheid sagen.

„Arlo! Sag was!", versucht er es noch einmal, vergebens. „Fuck!", flucht er laut. Die ganze Zeit bleibt er zwei oder drei Wagen hinter dem Ford. Nur nicht auffallen.

Der Barkeeper fährt nicht weit. Es ist ein Reihenhaus mit einer Garage. Es sieht ganz normal aus. Er bleibt stehen und steigt aus. Clint kann nicht direkt halten. Er fährt weiter, anstatt in die Straße abzubiegen.

„Zentrale. Detective Bennet hier." Er gibt die Adresse durch. „Ich glaube, ich habe ihn. Sagen sie Detective Parsons Bescheid und schicken sie Unterstützung. Unauffällig und ohne Blaulicht. Er weiß noch nicht, dass ich hier bin und ich bin nicht sicher, ob er das nächste Opfer schon bei sich hat."

Rein rechnerisch müsste es so sein. Er sieht auf die Uhr. Es ist kurz nach elf.

„Auf wen ist das Haus der Adresse gemeldet?", will er von der Zentrale wissen. Er ist von der anderen Seite in die Straße gefahren und hat einige Häuser weiter geparkt. Die Waffe kontrolliert er gerade. Es ist dumm, allein in das Haus zu gehen. Er weiß es. Aber er muss es tun. Er könnte sich nicht verzeihen, wenn dort wirklich jemand drin gefangen gehalten wird.

„Auf ein Unternehmen, das in Irland gemeldet ist."

„Irland? Wer ist der Geschäftsführer? Gibt es eine Verbindung zu jemandem der Morris heißt?"

„Die Firma ist gemeldet auf Josefine Ashin."

Clint wettet, dass Josefine Ashin genau die gleiche Person war wie Josefine Morris. Deswegen haben sie keine Adresse zu Flynn Morris gefunden. Er ist hier nirgendwo gemeldet.

„Ich gehe rein," sagt er Bescheid und steigt aus dem Wagen. Er schnappt sich die Weste aus dem Kofferraum und geht im Schatten der Häuser und Bäume auf das Haus zu. Es brennt Licht in der Küche und er sieht, dass Flynn dort gerade etwas macht. Er schleicht sich an die Garage. Das Schloss zu knacken ist leicht. Er schiebt das Tor leise und langsam hoch, nur ein Stück.

Der Anblick ist schlimm. In der Mitte der Garage steht ein Holzstuhl. Ein junger Kerl sitzt darauf. Sein Kopf ist nach vorne gekippt und er atmet flach. Er trägt kein Shirt mehr und einige Schnitte sind darauf zu sehen. Manche tiefer als andere. Neben dem Stuhl an der Wand steht ein Tisch mit verschiedenen Küchenmessern. Alle recht groß. Außerdem hängt an der Tür ein Maleranzug und Masken. Handschuhe auch. Die Wände sind isoliert. Kein Wunder, dass draußen niemand etwas gehört hat. Hier sieht es aus, wie in einem Tonstudio. Clint ist in der Garage eines Sadisten. Fuck. Auf der anderen Seite ist ebenfalls ein Tisch. Dort liegt ein Fotobuch. Es ist aufgeschlagen und er kann erkennen, was die Bilder zeigen. Es sind alte Polaroids. Die Kamera liegt direkt neben dem Buch. Flynn ergötzt sich an seinen Opfern. Das Groteske dabei ist, dass daneben ein Bild einer Frau steht. Es ist Josefine Morris, seine Mutter. Von seinem Vater sieht man kein Foto.

Solange der Mann auf dem Stuhl bewusstlos ist, kann Clint ihn hier nicht leise rausbringen. Er sieht sich um. Am liebsten hätte er jetzt etwas stark Riechendes. Er findet Desinfektionsmittel und – Jackpot. Aceton. Er nimmt die Flasche und hält sie dem Kerl unter die Nase. Es klappt.

„Shht!", sagt Clint sofort leise. „Ich bin Polizist, ich hole Sie hier raus. Wie heißen Sie?"

Der Kerl sieht ihn blinzelnd an. Er zieht die Luft ein und hustet, als er versucht zu antworten.

„Ich heiße Clint. Sie müssen leise sein, okay?"

Er nickt. „Ross", bringt er heraus.

„Okay Ross, ich schneide dich los. Kannst du laufen?"

„Weiß ich nicht", presst er heraus. Clint öffnet die Fesseln. Sie sind ziemlich fest und haben schon die Haut darunter abgescheuert. Er bewegt seine Handgelenke, als Clint gerade die Füße losmacht.

„Du kannst das Ross. Versprochen", flüstert er und hört dabei die ganze Zeit, ob jemand kommt. Er macht sich an den letzten Knöchel. Sie müssen hier raus. Clints Herz schlägt ihm bis zum Hals. Wie gerne hätte er gerade Unterstützung. Viel lieber hätte er mit einer ganzen Truppe das Haus gestürmt. *Er schafft das auch so.*

„Das würde ich sein lassen."

Clint hält in der Bewegung inne. Das darf nicht wahr sein. Verdammt, er hat ihn wegen der Schallisolierung hier drin nicht gehört.

„Umdrehen."

Clint steht auf. Er blickt Flynn direkt ins Gesicht. Er sieht dem Täter ins Gesicht. Einem Mann, den er sogar schon befragt hat. Fuck. Flynn steht wenige Meter von ihm entfernt und hat ein Messer in der Hand. Clint kann nicht schnell genug seine Waffe greifen, bevor Flynn reagieren und zustechen könnte. Das wird nicht klappen. Er geht einen Schritt rückwärts. Er braucht Zeit.

„Flynn Morris."

„Detective. Was hat mich verraten?"

„Der Schal", antwortet Clint und atmet ruhig. Er stand schon Mördern gegenüber. *Aber noch keinem Serientäter.* Ross bleibt ruhig. Clint ist ihm sehr dankbar dafür. Er kann ihm gerade keinen Blick zuwerfen. Er muss Flynn im Auge behalten.

„Er ist von Ihrer Mutter, richtig?"

„Woher wissen Sie das?"

„Es ist Seide. Weder ein Student noch ein Barkeeper kann sich so etwas leisten. Es tut mir leid, dass sie gestorben ist."

„Sie kannten sie nicht."

„Ich weiß, dass sie ein guter Mensch war. Erst nach Ihrem Tod hatten Sie keinen Anker mehr, richtig? Erst danach haben Sie wieder diesen Drang verspürt. So stark, dass Sie nicht widerstehen konnten."

„Ich wollte mich nicht mehr verstellen." Er wedelt mit dem Messer herum. Clint mustert ihn. Er muss den richtigen Moment finden, um seine Waffe zu greifen.

„Als sie tot war, war ich wieder ich selbst."

„Wann haben Sie gemerkt, dass Sie anders sind?", will Clint wissen. „War es der Hamster?"

„Der Hamster... ja." Flynn lacht und schüttelt den Kopf. „Es war das Stück Dreck von Vater."

„Er ist durch einen Schlaganfall gestorben", sagt Clint. Natürlich weiß er, dass das nur bedingt stimmt. „Zumindest sagt das der Autopsie Bericht. Man hätte ihn retten können, oder? Sie haben ihn getötet. Er war der erste Mensch, den Sie getöten haben", spricht Clint weiter. All die Puzzleteile, die vorher keinen Sinn zusammen ergeben haben, setzen sich wie von selbst zu einem Bild zusammen.

„Und er war es, der Sie dazu gebracht hat, sich in der Uni einzuschreiben. Sie sind Barkeeper, weil Sie Geld brauchen und dadurch nicht auffallen. Sie arbeiten in verschiedenen Kneipen und Clubs, richtig? In all diesen Lokalen gehen vor allem Studenten ein und aus. Deswegen haben wir keine Verbindung gefunden. Sie haben sich ihre Opfer nicht an einem einzigen Ort ausgesucht, sondern an verschiedenen. Diese ganzen erfolgreichen Studenten, die Sie immer sehen… die waren perfekt, oder? Die perfekten Opfer, weil sie sowieso nicht verdient haben, so erfolgreich zu sein. Ihr Vater wollte, dass Sie so erfolgreich sind, oder?" Er spekuliert, weil er Zeit braucht. Es funktioniert. Clint sieht in Flynns Gesichtsausdruck, dass er richtig liegt.

„Ohne Studium hat man schließlich keinen Erfolg. Das ist es doch, was ihr Vater Ihnen gesagt hat. Immer wieder, als er Sie geschlagen hat. Ausbildung und Schule sind wichtig. Sonst wird aus Ihnen nichts. Deswegen haben Sie all die Leute ins Wasser gelegt. Sie wollten sie genauso ertränken, wie Sie es bei Ihrem Vater getan haben. Sie sollten

195

ersticken, richtig? Deswegen haben Sie sie hier er-
würgt und später in die Parks gebracht."

„Woher wissen Sie das alles?"

„Das ist mein Job, Flynn. Legen Sie das Messer
weg."

Er erkennt es in seinem Blick. Flynn wird das
Messer nicht weglegen. Im Gegenteil. Er will ihn
umbringen. Clint greift nach seiner Waffe, aber er
ist nicht schnell genug. Er spürt die Klinge an seinem Hals. Gleichzeitig ertönt ein Schuss, der von
den Wänden laut widerhallt. Es ist ohrenbetäubend.

Flynn fällt um und das Messer fällt zu Boden.

„Fuck!", flucht er laut und hält sich die Schulter.
Dann hört er, wie das Garagentor ganz aufgemacht
wird.

„Clint!"

Er glaubt, er kann wieder atmen. Arlo ist hier.
Arlo hat geschossen. Er hat unter dem Spalt hin-
durchgeschaut. Er war hier. *Oh Gott, was wäre passiert
wenn...* nein. Er denkt nicht daran.

Sanitäter kommen rein und laufen zu Ross. „Vielen Dank, Detectives", sagt dieser erstaunlich ge-
fasst und die Sanitäter helfen ihm auf die Trage.

„Geht es dir gut? Verdammt, wieso hast du nicht Bescheid gesagt?! Ich war schon auf dem Weg zur Wache!", meckert Arlo. Clint lächelt. „Ich wollte, aber ich war zu weit weg." Sie sehen zu Flynn. Quentin verliest Flynn gerade seine Rechte. Er liegt ebenfalls auf einer Trage. Der Schuss muss versorgt werden, aber er ist dennoch jetzt schon verhaftet.

Sie verlassen die Garage. Arlo mustert Clint. Er hofft, dass der Schnitt nicht allzu tief ist.

„Mir geht es gut", betont Clint noch einmal und greift instinktiv nach Arlos Hand. Dieser drückt sie kurz und führt ihn zu einem der Sanitäter. Die Wunde sollte zumindest desinfiziert werden.

„Flynn Morris sitzt im Wagen." Quentin ist zu ihnen gekommen. Sein Blick schweift zu den Händen. Ihre Finger sind immer noch miteinander verschränkt. „Ah ja."

„Ja", sagt Arlo lediglich. Clint weiß genau, was er meint. Und Arlo weiß, dass Clint es weiß.

Arlo fährt sie zur Wache.

„Es ist Mitternacht", bemerkt er, als sie das Büro betreten.

„So war es abgemacht", antwortet Clint und lehnt sich gegen ihn. Arlo schließt die Arme um ihn und drückt ihm einen Kuss auf die Haare. Ihm ist egal, dass die ganze Nachtschicht sie ansieht.

EPILOG

„Wir sind ein gutes Team", sagt Clint zufrieden, als sie die Pressekonferenz hinter sich haben. Ross geht es langsam besser. Er hat eine Dankeskarte an den Polizeichef geschickt, der sie gerne an Clint und Arlo weitergegeben hat.

„Sind wir", sagt Clint und lächelt schief. „Wann kommt deine Partnerin wieder?"

„Oh, sie ist hier", sagt Imogen, die gerade aus der Tür ihres Chefs kommt. „Hallo Detective Bennet."

„Clint, bitte", antwortet er sofort und sie nickt. „Hallo Clint."

„Du bist zurück?", fragt Arlo sie dann.

„Vorerst. Meiner Mutter geht es wieder einigermaßen gut, aber ich werde öfter hinfliegen, als früher."

„Das bedeutet?", will Arlo wissen. Er ahnt es, ist sich aber nicht sicher.

„Ich werde mit Quentin die Rookies ausbilden. Ich kann keine längeren Fälle bearbeiten, wenn ich immer wieder in Frankreich bin. Außerdem habe ich von einigen hier schon gehört, dass ihr zwei ziemlich gut zusammenarbeitet."

„Du hast das auch schon gehört?" Arlo sieht sie irritiert an. Sie schmunzelt. „Ich bitte dich. Du weißt, wie es hier zugeht. Glaubst du wirklich, dass es irgendjemanden hier gibt, der das noch nicht weißt?"

Arlo und Clint sehen sich an. Sie sind doch noch gar nicht so lange zusammen. Wie konnten ihre Kollegen das vor Ihnen wissen?

„Oh, Clint", spricht Imogen dann weiter. „Ich soll dir sagen, dass du hier bleiben kannst, falls du das möchtest. Es wartet zwar dann noch mehr Papierkram auf dich, aber meine Stelle wird frei und unser Captain bietet sie dir an."

„Auf jeden Fall", antwortet Clint sofort und dreht sich zu Arlo.

„Oh Gott. Mir dir arbeiten?", fragt dieser sarkastisch.

„Gewöhn dich dran", antwortet Clint provokant und grinst, bevor Arlo ihn küsst.

DANKSAGUNG

Es ist das zweite, kürzere Buch, dass ich nun geschrieben habe. Nach *Blue Memories* war ich mir sicher, dass ich dieses Jahr wieder eine kurze Geschichte schreiben möchte, die im Winter spielt. Dieses Buch habe ich innerhalb von drei Wochen geschrieben. In der Zeit haben sich bereits einige liebe Menschen gemeldet und mir ihre Hilfe zugesichert. Ohne einige Test- und Korrekturrunden, wäre dieses Buch nie so schnell fertig geworden, also vielen lieben Dank an euch.

Außerdem hätte ich *Meet Me At Midnight* vermutlich nie angefangen, wenn die Reaktionen zu *Blue Memories* nicht so schön gewesen wären. Ich danke also auch allen, die meine Geschichten lesen. Ihr tragt nicht unwesentlich dazu bei, dass ich motiviert bleibe, mich an neue Projekte zu trauen.

Wie immer danke ich auch meinen Freunden, die sich meine Ideen und Entwürfe angehört haben. Ich hoffe, ich werde euch auch in Zukunft weiter damit nerven können.

HAT DIR DAS BUCH GEFALLEN?

Dann hinterlasse gerne eine Rezension bei:

Books On Demand,

Thalia.de

und/ oder

Amazon.de

Die Autorin

Lea Busch trat 2022 mit ihrem Debutroman *Sunflower – The Story Of A Hedgehog* in die Öffentlichkeit. Letztes Jahr kam mit *Blue Memories* die erste kürzere Geschichte dazu. Weitere Bücher sind aktuell in Arbeit.

Neben ihrer Tätigkeit als Autorin, ist Lea Busch Studentin und hat nach ihrem Bachelor in Kommunikations- und Multimediamanagement dieses Jahr ihren Master in PR- und Unternehmenskommunikation begonnen.

Du möchtest mehr über die Autorin erfahren?

Schau hier vorbei:

Instagram: autorin.leabusch
TikTok: autorin.leabusch

Bibliografische Information der Deutschen Nationalbibliothek:
Die Deutsche Nationalbibliothek verzeichnet diese Publikation
in der Deutschen Nationalbibliografie; detaillierte bibliografische Daten sind im Internet über http://dnb.dnb.de abrufbar.

© 2024 Lea Busch
Illustration (Bearbeitung): Lea Busch
Bildquelle:freepik
Verlag: BoD · Books on Demand GmbH, In de Tarpen 42,
22848 Norderstedt
Druck: Libri Plureos GmbH, Friedensallee 273, 22763 Hamburg
ISBN: 978-3-7597-8529-9